보통 사람들의
생존 노하우

보통 사람들의 생존 노하우

발행일	2024년 12월 12일

지은이	최윤희		
펴낸이	손형국		
펴낸곳	(주)북랩		
편집인	선일영	편집	김은수, 배진용, 김현아, 김다빈, 김부경
디자인	이현수, 김민하, 임진형, 안유경, 한수희	제작	박기성, 구성우, 이창영, 배상진
마케팅	김회란, 박진관		
출판등록	2004. 12. 1(제2012-000051호)		
주소	서울특별시 금천구 가산디지털 1로 168, 우림라이온스밸리 B동 B111호, B113~115호		
홈페이지	www.book.co.kr		
전화번호	(02)2026-5777	팩스	(02)3159-9637

ISBN	979-11-7224-426-2 03810 (종이책)		979-11-7224-427-9 05810 (전자책)

(주)북랩 성공출판의 파트너

북랩 홈페이지와 패밀리 사이트에서 다양한 출판 솔루션을 만나 보세요!

홈페이지 book.co.kr • **블로그** blog.naver.com/essaybook • **출판문의** text@book.co.kr

작가 연락처 문의 ▸ ask.book.co.kr

작가 연락처는 개인정보이므로 북랩에서 알려드릴 수 없습니다.

정글과도 같은 비즈니스 세계에서
살아남는 생존법

보통 사람들의

Survival Tips for
Ordinary People

생존 노하우

최윤희 지음

북랩

서문 - 나는 보통 사람이다

원래 책 제목은 『생존 노하우』였다. 글을 본격적으로 쓰기 시작하면서 책 제목 앞에 '보통 사람'을 덧붙였다.

내가 서점에서 발견하는 자기 계발서들의 주인공들은 보통 사람 같지 않았다. 우리 집에 많이 쌓여 있는 책들의 주인공 역시, 범상치 않으신 분들이 대부분이다. 물론 내가 대단하신 분들의 책을 골라서였기도 하고, 보통 사람들의 성공을 다룬 책은 기업가나 사업가 등 생각보다 매우 큰 성공을 하신 분들만 책을 쓰기 때문일 것이다.

나는 매우 보통인 사람이다. 하지만 나는 인생의 반을 지나오며 나의 첫 번째 성공을 이루었다고 생각한다. 나의 성공의 목표점은 엄청난 부보다는 돈과 시간을(특히 시간을) 자유롭게 쓸 수 있다는 것이었다.

나는 매우 평범한 학창 시절을 보냈다. 처음 초등학교를 들어가서는 특별히 똑똑한 아이인 줄 착각하는 시간이 잠시 있었을 뿐이다. 초등학교 때는 전 과목 올 수(체육 실기 빼고)였고 늘 올 백 점을 받는 아이였다. 중학교에 진학하여, 전교 14등을 마지막으로 나는 그저 음악에 빠지고 연예인에 빠지며 시를 쓰고 친구랑 놀기를 좋아하는 평범한 아이가 되어버렸다. 고등학교에 진학해서는 아침부터 저녁까지

침을 흘리며 잠을 자는, 주변에서 흔히 보는 평범한 아이였다. 다만 국영수만큼은 잘해서(무서운 부모님 덕에 국영수는 최선을 다했다) 그냥 어찌저찌 나중에 노력하면 대학 가겠지 이런 마음으로 공부를 뒤로 미루다가 수능 100일 전 부모님께 부탁하여 전 과목을 컨트롤할 수 있는 멋진 이대 언니를 만나 간신히 인 서울 대학에 갈 수 있었다.

그때도 이 책에서 많이 다룰 대단한 동기부여가 있었으니, 그것은 드라마였다. 당시 차인표, 신애라의 '별은 내 가슴에'라는 드라마가 최고 인기였는데, 매번 독서실 지하실에서 훔쳐보며 내가 꼭 대학에 붙어 자유로운 몸이 되면 집에서 당당하게 누워 저런 재밌는 드라마를 다 보리라 마음먹고 100일간 내가 아닌 내가 되어 밤낮없이 공부를 했다. 동기부여란 정말 놀라운 것이었다.

그렇게 대학에 갔지만, 등록금을 대어주실 능력이 있는 부모님을 가진 대신 나는 생각이 없었다. 대학 가서 놀라는, 대학만 가라던 부모님의 말씀을 매우 잘 듣고 대학 1, 2학년을 놀기만 하고 등록금은 학교에 기부하는 사람이 되어 있었다. 대학 점수가 취업에 영향을 미친다는 이야기를 간신히 터득한 나는(아마 대부분은 1학년 때부터 알았겠지) 3학년이 되어서야 과거를 뼈저리게 후회하며 1, 2학년 때 못 받은 점수를 메꾸기 위하여 정말 힘든 3, 4학년을 보내야 했다. 또 간신히 점수를 메꾸고, 취직할 수 있는 기본 점수를 맞췄다.

취직 역시 마찬가지였다. 이 부분은 뒤에 나오니 여기서는 넘어가겠다. 이러던 내가 직장을 다니면서 날아다니기 시작했다. 마지막 회사까지 10개의 회사를 다녔는데, 어딜 가든 인정받는 직원이었다. 직급을 넘어서 늘 사장님과 소통하며, 특별한 제안으로 눈에 띄는 직원이 되었다. 특별한 일을 해서가 아니었다. 내일이 보잘것없어도 회사에 보탬이 되게 만들고, 그 일에 있어서만큼은 최선을 다하고, 일에서만큼은 프로페셔널한 사람이 되고 싶었던 내 마음이 일로 보여졌다.

나는 회사 퇴사 전 5년 이상 출퇴근을 자유롭게 하며, 연봉 8천에서 1억까지 받으며, 최종 이사직과 마지막 1년 자문이사로 마무리를 지었다. 물론 나를 믿어준 회사에 큰 감사를 드린다. 그리고 아팠던 나를 많이 배려해주심에도 감사를 드린다.

이 책에서는 신입 직원 때, 중간관리자 때 등 각 직급에 맞게 업무 능력을 향상시키는 노하우에 대해 내가 겪었던 일들을 토대로 이야기할 것이다. 내가 회사에 다니며 연차가 풍부해졌을 때 후배들에게 부렸던 오지랖을 여기서 펼칠 것이다. 그 어떤 누군가 한 사람이라도 도움이 되었으면 하는 마음으로. 이 마음은 진심이다.

너무 평범한 우리가, 꼭 주식을 하지 않아도, 대기업을 가지 않았어도, 명문대를 나오지 못했어도, 크게 사업가의 기질이 없어도, 내 삶의 주인이 되며 직급과 내가 원하는 만큼의 연봉을 받을 수 있는 기술을 알려줄 것이다.

우리는 보통 사람이다. 대부분이 보통 사람이다. 좀 특별해 보이는 사람의 삶도 깊이 들여다보면 다 보통의 삶을 살고 있다.

이전의 좋아했던 인디밴드 언니네 이발관의 이석원이 쓴 수필 『보통의 존재』를 읽고 나서 마음이 참 이상했던 기억이 난다. 나에게는 인디밴드를 운영한다는 것, 서울대를 나왔다는 것, 그리고 책을 쓴다는 것 모두가 특별해 보였는데 그가 쓴 책의 주인공(본인)은 가끔은 찌질하기까지 한 보통의 인간이며 나보다 더 낫거나 더 특별한 것 없는 주위의 내 지인들의 모습과 전혀 다르지 않았다.

이상하게 안심이 되었다. 그렇게 남에게 멋있어 보이는 직업을 가지고 있지 않다고 해서 내가 멋지지 않은 건 아니야. 나도 내가 사는 삶에서는 멋지게 살겠어. 비록 그냥 중소기업의 샐러리맨 영업직원이지만, 난 이 직업을 멋지게 만들겠어. 좀 쇼맨십을 가졌다고 해야 하나? 엉뚱한 생각을 가졌다고 해야 하나.

내가 이석원의 『보통의 존재』를 읽으며(아, 물론 그 책은 베스트셀러고 너무 재밌으며, 이석원 님은 글까지 잘 쓰신다) 나의 인생을 좀 더 멋지게 살아가려 했던 것처럼 보통의 나를 보여드리며 내가 한 일들을 보여드리고 싶어 중간에 보통의 나를 보여주며 쉬어 가는 내용도 넣어봤다.

자, 이제 나의 최근 삶부터 시작하여 나의 과거를 더듬으며 많은 노하우를 풀어보겠다.

2024년 겨울
최윤희

차례

—Survival tips for
　　　　　ordinary people—

보통 사람들의
생존 노하우

1. 문을 열며 - 퇴사

할 것과, 하고 싶지만 생산적이지 않은 것 사이에서 고민하는 삶의 시작.

2023년 6월 퇴사 결심, 6월 말 퇴사.

2024년, 1년간의 자문이사 계약이 만료되고 진짜 자유의 몸이 됨.

오늘은 2024년 6월 30일. 집에서 식사 외에도 보드게임, 아이와의 공부 등 모든 일이 이루어지는 작은 원형 탁자 위의 노트북을 째려보고 있는 나.

6월 초, 이달 말로 계약직이 종료된다는 이야기를 듣고 나는 적지 않은 충격을 받았었다. "네가 먼저 퇴사했잖아, 예상했던 일 아니야?"라고 모두들 말하겠지만, 난 어리석게도 예상을 못 했다. 처음 퇴사할 때의 마음은 무조건 자유의 몸이 되는 것이었고, 새로 할 일들에 대해 설레고 자신감이 있었지만, 일 년간 자문 일을 하면서 그리고 한번 부딪혀보고 현실의 벽을 좀 더 느낀 나는 그런대로 자문 일에 익숙해져 있었는지도 모른다. 말은 떠나고 싶다고 하면서도 돈을 벌 수 있는 일은 그렇게 쉽게 구할 수 없다는 것 정도는 아니까. 그리고 당시 회사는 어려운 상태였고, 내가 없으면 안 될 상황이라고 생각했다. 완전히 내 생각이다.

그렇게 나는 완전 혼자가 되었다.

이제 내가 15년 동안 몸담았던 사회생활, 그리고 그전 10년의 경력을 뒤로하고 더 거친 바깥세상에서 또 내가 해보지 못한 분야에서 꿈을 펼쳐야 할 시기가 왔다. 두렵기도 하고, 내 우물이 얼마나 깊었는지, 가려져서 안 보였던 하늘이 얼마나 냉혹한 곳인지를 몸소 체험해야 하는 것이다.

보통 이런 글은 내 인생에 크게 완성점을 찍은 후에 쓰는 게 대부분인데, 왠지 나는 초입에 쓰는 기분이다. 이전 회사에서 이룬 많은 것들을 글로 쓰고 싶었는데, 하필 쓰는 시기가 회사에서 계약종료 통보를 듣고 나서라니. 좀 씁쓸하고, 이 글을 쓸 자격이 있나 싶기도 하다.

책의 시작을 어떻게 시작할까 고민을 했다. 나의 성공담으로 거대하게 포문을 열려 했는데, 그보다는 현재 나의 시점을 알려주기로 했다.

성공했었고, 나는 성공한 사람이라 여기고, 또 새로운 시작을 하는 사람이다. 그런 용기와 한 번도 해보지 않았던 일을 다시 시작하며 설레는 나에 대해서, 그리고 적절한 나이에 자기가 하고 싶은 일을 할 수 있다는 것이 얼마나 멋진 인생인지를 느끼려면 어떻게 어려운 고비들을 넘겨야 하는지 나의 성공 노하우를 공유하고 싶다.

지금부터 같이 시작하자.

우리의 몇 달 후, 몇 년 후는 정말 달라져 있을 것이다.

2. 나의 성공담 - 컬러마케팅의 귀재 아이팜

일에 대한 나의 열정이 결실로 이뤄지고 어마어마한 성장을 하여 분야에서 알아주는 회사가 되는 과정을 먼저 소개해야, 내가 여러분께 드리는 말씀들에 조금 믿음이 생길 듯하여, 조금은 잘난 체하는 듯 보일 수밖에 없는 글들을 적어보겠다. 물론 이 컬러마케팅은 내 성과의 일부분이다. 그리고 또 가장 큰 부분이기도 하다.

일이 진행되는 과정에서 특정 마케팅 부분과 개발 부분을 부각시켰기에, 주로 내가 했던 성과에 초점을 맞췄기에, 사장님 이하 모든 분들의 노력과 열정이 빠졌음을 이해 바란다. 여러분도 알고 저도 알고 있듯이 회사는 한 사람의 노력으로는 성장하기가 불가능하기 때문이다. 그런 부분에 대해 양해를 구하고 다음 이야기를 해보도록 하겠다.

이 장에서만 3인칭으로 제가 한 일들을 설명하고자 한다. '내가 이렇게 했어요'보다는 '이렇게 일이 진행됐어요'라고 표현하는 게 더 듣기 좋을 것 같아서다.

안녕하세요. 저는 모 디자인 회사에서 자문이사를 맡고 있고 폴리라이프, 생존노하우 등 두 유튜브 채널을 운영하는 크리에이터 최윤희라고 합니다.

오늘 여러분께 아주 재밌으면서도, 지금 혹시 여러분 중 유통을 하시거나 상품 개발 제조를 하시는 업체라면 아주 솔깃할 이야기를 들려드리려고 합니다.

브랜드를 만들고 단 하나의 컬러로 단숨에 업계 1위가 되고 그 후에도 매번 새로운 컬러의 시도와 도입으로 그 카테고리에서 선두를 지켜내고 있는 한 유아 기업에 관한 이야기입니다.

이 업체의 이야기를 궁금해하는 회사는 정말 많았어요. 물론 같은 업종에 종사하는 사람들 사이에서는요. 왜냐면 외국 기업에서도 콜라보 요청이 들어오고 국내 코스트코 같은 큰 기업에서도 손을 내밀었죠. 대형 몰 엠디들은 늘 다른 업체에서 미팅을 오면 목표가 이 회사라고 말할 정도로 위상이 대단했죠.

자, 이 업체 이야기를 말씀드리기 전에, 여러분의 집에는 어떤 컬러의 고무장갑을 쓰시고 계신가요? 화장실 청소도구, 세제는요. 인테리어에 관심이 있으신 분이라면 아마 핑크 고무장갑과 알록달록한 소독약품들 대신 무채색의 제품들을 집에 진열해놓지 않으셨을까 싶어요.

제가 들려드릴 업체는 이런 일이 생기기 몇 년 전부터 집안에 쓰이는 컬러들을 바꾸기 시작한 업체의 이야기입니다. 그리고 이 업체의 이야기를 얘기하기 전, '이게 가능해?'라고 생각하실 분들께 간단한 누구나 알 만한 예를 말씀드리면, 삼성전자의 비스포크 냉장고가 있습니다. 냉장고의 컬러가 어떻게 바뀌었는지 기억하세요? 엄마가 쓰던 그냥 하얀 냉장고에서, 갑자기 붉은색에 꽃이 화려하게 그려졌던 냉장고, 그리고 다시 화이트에 꽃이나 자연 무늬가 들어간 냉장고, 그다음 스테인리스였어요. 그러던 어느 날 삼성전자가 해외 디자이너와 콜라보하며 비스포크가 등장했고, 신혼부부 그리고 집에 멀쩡한 냉장고가 있던 사람들도 모두다 냉장고를 다 교체하는 일이 일어났죠.

이케아에선 테삼만스라는 제품은 없어서 못 팔기도 했어요. 녹색 쿠션 의자는 자주 품절이 나죠.

보통 사람들은 집에 컬러를 놓는 일을 두려워하죠. 인테리어의 고난이도 작업이거든요.

그걸 대중화시키려는 작업을 이케아가 했고(보통은 그런 제품들은 엄청 고가의 가구나 소품임) 이제 사람들은 컬러를 두려워하지 않게 될 겁니다.

아까 이야기했던 고무장갑과 연관된 예시를 들어드리면, 생활용품과 세제 등을 만드는 생활공작소라는 회사가 있어요. 그 회사는 모든 포장기기의 시작을 화이트로 만들고 디자인도 매우 심플하게 하고, 검은색으로 회사 이름과 제품명만 적었어요. 덕분에 주방에 연둣빛 세제 통으로 복잡했던 부분이 깔끔해지고, 그 회사는 제품을 강조하지 않아도 친환경 제품이구나 하는 인상을 심어줬죠. 아주 단시간에 엄청난 성장을 했습니다.

자, 이제 컬러로 돈 번 그 기업 이야기를 해보겠습니다. 이 기업 브랜드의 이름은 아이팜입니다. 원래 이 회사는 장난감 유통 회사였어요. 일명 밴더라고 하죠. 물건을 제조사에서 사 와서, 쇼핑몰로 유통

시키는 중간 역할을 하는 업체. 20년간 그 일을 해왔고, 그 업체는 쇼핑몰 초창기부터 일찍 오프라인을 안 하고 쇼핑몰에만 집중했고, 상세페이지에 마케팅을 잘 녹여내 굴지의 장난감 회사의 메인 밴더 역할을 했어요.

엄청 성장을 했지만, 회사는 힘들었어요. 같은 물건을 두세 군데서 같이 파니 결국엔 가격 싸움만 하고, 잘 팔리는 제품은 잘 팔리지만 총판이란 게 잘 팔리는 제품만 가져올 수는 없거든요. 안 팔리는 건 재고가 계속 쌓이고, 잘 팔리는 제품은 가격을 다른 데보다 싸게 팔아야만 했어요.

그래서 지금까지 쌓아온 마케팅과 상품 보는 눈을 믿고 직접 개발하고 브랜드를 만들자고 사장님은 결정하셨죠. 어려운 시기에 개발하는 직원을 새로 뽑아 시간과 비용 투자를 한다는 건 정말 큰 모험이었지만, 사장님의 결정은 결국 지금의 아이팜을 있게 했죠.

자, 그렇다고 모든 밴더가 브랜드를 만들면 성공할 거라는 보장은 없죠. 진짜로 힘든 일입니다. 이건 따로 설명이 필요 없을 것 같습니다.

아이팜의 첫 상품은 디테일한 디자인과, 무엇보다도 지금까지 못 본 컬러의 등장이 성공의 요인이었습니다. 첫 상품은 베이비룸입니다. 혹시 아기를 안 키워보신 분이거나, 예전에 아기를 키우셨던 분들은 모를 수도 있어서 간단한 설명을 드릴게요.

베이비룸은 막 기어다니기 시작하고 아장아장 걷는 아가들을 위해 집 안의 위험한 가구나 가지 말아야 할 곳으로부터 보호해주는 울타리예요. 이 베이비룸은 보통 아기 방보다는 가족 모두가 생활하는 거실에 두게 되죠. 처음에는 한 평만 하게 만들어주고, 아기가 활동 반경이 넓어지면 거실 전체를 크게 두르기도 합니다. 신혼 때 세워두었던 테이블의 액자, 장식품, 전선, 티브이, 부엌에 있는 칼이나 유리 등 깨질 수 있는 제품들까지 모든 위험 물질들에 구애받지 않고 아기가 맘껏 놀 수 있게 하는 제품이에요. 요즘은 보통 독박 육아를 하는 엄마는 한시라도 아기에게서 눈을 뗄 수가 없어서 필수품이죠. 화장실 갈 때도, 설거지할 때도.

그때 당시 그 제품은 국민 육아템이 아니었어요. 국민 육아템은 무조건 사야 하는 필수품을 뜻하죠. 아이팜은 그 시장을 바꿔버렸어요. 처음 그 제품의 시사출(출시되기 전, 컬러를 입히기 전에 모형만 보는 것)이 나왔을 때 다들 만족해했는데요. 그때 직접 물건을 팔아야 했던 한 영업부 직원은 아쉬움이 컸어요. 아, 이건 나가서 팔리긴 하겠지만 많이 팔릴 것 같지는 않네. 너무 아쉽다. 본인이 팔아야 할 물건이니 더 잘 팔고 싶었던 거죠. 그리고 쉽게 팔고 싶었어요. 정말 잘 만들어진 상품은 홍보비가 필요 없다는 명언이있죠.

컬러가 새롭지 않았어요. 그전의 베이비룸은 보통 빨강 혹은 파랑색이거나, 그나마 잘나가는 제품은 갈색과 녹색이 섞인 색이었어요. 근데 아이팜에서 새로 만든 제품 역시 브라운과 그린을 적절히 섞은 컬러였죠. 뒤따라가는 느낌이었고, 디자인은 이전 것보다 훨씬 나았지만 눈에 띄지 않았어요. 변별력도 부족했죠. 괜찮다 정도.

그래서 어렵게 제안을 해봤습니다. 개발팀과 상사에게. 하지만 너무 막바지까지 와 있었고, 잘 들어주지 않았어요. 그러다가 사장님과 대화할 기회가 생겨, 용기를 내어 생각을 말씀드렸죠. 첫 작품이니, 눈에 확 띄어서 사람들 마음을 사로잡아야겠다고. 이 제품은 놀이방 매트랑 같이 거실에서 사용될 텐데, 놀이방 매트는 파스텔 톤인데 너무 따로 논다.

다행히도 감각이 남다르셨던 사장님은 이 직원 얘기에 바로 공장에 전화를 거셨고, '모두 멈춰!'라고 급히 지시를 내리시고, 재검토에 들어가게 됩니다.

그 후 그 직원은 당연하지만 당혹스런 일을 겪죠. 상사와 개발팀 직원들의 차가운 냉대. 다 해놓은 밥상을 뒤집어버린 일이 된 거죠. 상사도 개발 직원도 이러는 건 아니다. 어쨌건 네가 벌인 일이니 네가 다 마무리해라 하며 손을 떼버렸죠.

뭐 일이 이렇게 됐고 나름 생각도 있었던 이 직원은 일단 이 회사에서 베이비룸의 옵션이 원 컬러인지 투 컬러인지 체크를 합니다. 옵션 없이 원 컬러로 간다는 얘기에 중성적인 컬러를 찾습니다. 베이비들이 그 안에서 놀 때, 남아든 여아든 상관없이 어울리는 사랑스러운 컬러. 그 컬러는 민트 컬러였구요, 같이 일하던 디자이너에게 민트랑 가장 잘 어울리는 두 컬러를 찾아달라고 해요. 그래서 만든 컬러가 민트 파스텔엘로우 크림핑크입니다.

그 제품이 이 제품이에요.

제품의 부드러운 형태도 훨씬 눈에 띄었어요. 마치 마시멜로 같았죠. 그래서 이 상품은 아이팜 마시멜로 베이비룸으로 정해지고, 이 제

품명도 그 직원이 제시하죠. 이것도 하나의 마케팅이었는데, 다른 회사들은 브랜드 네임에 바로 베이비룸을 붙였는데 다른 회사들 제품보다 사람들에게 쉽게 인식되기 위해 마시멜로라는 이름을 쓰자는 제안이었어요. 당시 음악 앱에 멜론을 붙인 게 인상적이었던 직원은 장난감에 음식 이름을 붙여보자 생각했죠. 의외여서 오히려 관심이 가는 마케팅 방법이었어요. 정말 출시 날부터 폭발적으로 인기를 얻었고, 아이팜이라는 브랜드는 바로 아기 엄마들에게 각인이 됩니다.

두 번째 컬러 성공 사례를 말씀드릴게요.

사장님은 민트 컬러의 성공으로 제작하는 제품마다 다 이 컬러를 사용하려 하셨어요. 근데 이 직원의 생각은 좀 달랐죠. 써서 괜찮아 보이는 제품은 상관없는데, 아닌 제품도 보였거든요. 이 컬러를 너무 많이 쓰면 집 안이 좀 어지러워질 것 같았어요.

혼들말 예시를 들어드릴게요. 사장님은 혼들말 컬러에도 많은 공을 들이셨어요. 당시 혼들말은 미국, 아니 전 세계에서 가장 유명한 스텝 2라는 브랜드의 파란 말이 아주 공고히 자리를 잡고 있었어요. 그 제품은 특가를 해서 49,000원이어도 불티나게 팔렸고, 우리나라에서 파란 말을 따라 만든 제품들은 29,000원 대에 팔아도 잘 안 팔리던 그런 시절이었어요.

사장님은 혼들말을 만들면서 갈색에 레드를 섞어 진짜 고급지게 컬러를 만드셨는데요. 그 컬러는 모두 잘될 거라 생각했어요. 근데 파란 말 때문에 결국 안 팔렸어요. 사람들에게 파란 말은 뚫을 수 없는 방패 같았죠. 그때 그 직원은 문득 강아지 인형 팔던 생각이 떠올랐어요.

미미인형에서 판매하는 강아지 인형은 아주 인기템입니다. 아이들이 정말 좋아하죠. 그때 갈색 푸들, 화이트 푸들, 핑크 푸들을 팔았었는데 직원의 예상과 달리(직원은 하얀색이 잘 나갈 거라 생각했대요) 핑크 푸들이 압도적으로 많이 팔리는 거예요. 이상했죠. 아이도 없었고 이해가 안 됐는데, 후기에 여아들이 핑크가 아니면 싫어한다는 거예요. 무조건 핑크를 외치는 여아들이 90프로 이상이었어요. 그래서 염색한 것 같았던, 실제로는 보기 힘든 핑크 푸들이 그렇게 많이 팔린 거죠.

아 그래, 핑크. 여아들도 혼들말을 탈 텐데 왜 핑크 말은 없지? 그때 다행히 생각에 확신을 도와줄 핑크색은 아니지만 진한 자주색에 리틀타익스 말이 하나 있었어요. 판매량은 좋지 않았지만 혹시나 해서 후기를 보았죠. 후기에 대부분이 아이가 핑크를 원해서 그나마 비슷한 것을 샀다는, 아쉽다는 후기가 많았어요. 이때 확신을 얻고 사장님께

"몸은 핑크, 바닥은 민트로 해서 만들어주세요. 무조건 팔립니다" 했고, 이 말은 핑크포니라는 이름을 달고 당시 2013년부터 작년 2023년까지 베스트 스테디셀러가 됩니다.

덕분인지 스텝2 파란 말은 어느 순간 우리나라에선 사라지게 됩니다. 그 뒤에 나온 화이트, 베이지 등등 아이팜에서 나오는 말들이 그 자리를 다 차지했고 다른 회사들도 파란 말 대신 아이팜의 컬러를 따라 했기 때문이죠.

위의 제품도 회사를 매우 안정적으로 만들었지만, 진짜 이 회사가 돈을 너무 많이 벌어 대출도 없고 회사를 엄청 확장하게 되는 시기가 있는데요. 개발팀도 1명에서 4명으로 늘어나고 직원의 수도 엄청 증대하던 시절이죠. 그렇게 만든 제품은 바로 쉘 베이비룸이라는 제품이에요. 마시멜로 베이비룸의 다음 작품이었고, 정말 여기에는 당시에는 상상도 할 수 없는 컬러가 들어가죠.

바로 두 가지 컬러인데요, 첫 번째는 화이트예요. 당시 이 직원은 집에서 육아휴직 중이었어요. 아이를 낳아보니 엄마의 마음을 조금 더 알게 된 상태였죠. 회사에서 새로 상품이 개발됐는데 어떤 색이면 좋겠냐고 묻는 전화가 왔고, 이 직원은 망설임 없이 "화이트요"라고 말했어요. 화이트? 당시 유아제품 업계에선 화이트는 컬러가 아니었어요. 그냥 처음 만든 시사출, 즉 색 입히기 전 단계의 제품?

근데 그 직원은 생각했어요. 집에서 애를 키우다 보니, 장난감이 너무 많은데 애들 장난감이 엄청 알록달록하잖아요. 눈의 피로도가 만만치 않고, 신혼 때 이쁘게 꾸며놓은 화이트 원목의 인테리어는 모두 사라지고 엉망진창 아이 소굴이 된 거죠. 안 그래도 하루 종일 집에 있어야 하는데, 육아 스트레스에 집까지 엉망인 듯한 느낌에 우울감이 더해졌죠. 그때 생각한 게, '베이비룸은 집 안 전체에 크게 두르니 아이 물품이라기보다는 가구라고 생각하자. 화이트로 만들면 피로도가 사라지고 그나마 집이 깨끗해 보일 거야.'

처음엔 화이트 민트로 시작했고, 판매는 좋았지만 폭발적이진 않았어요. 이 직원이 복직하고 당시 유행하던 그레이 인테리어에 착안해서 화이트 그레이 조합을 만들었고, 이게 엄청나게 팔렸어요. 그레이는 정말 설득하기 힘들었던 컬러였어요. 아기와 그레이는 당시 극과 극의 이미지였거든요. 하지만 밀어붙였고, 한 개이던 금형을 네 개까지 늘려야 간신히 생산해서 공급을 맞출 수 있었어요. 수출도 어마어마했고 동남아시아는 모두 아이팜의 색으로 물들었었죠. 당시 중국에선 아이팜 제품이 출시되면 모든 업체들이 누가 먼저랄 것도 없이 따라 했어요. 장난감 정리함은 가구에 맞게 화이트 베이지로, 이 아이도 어마어마한 매출을 일으키죠.

아, 여기서 의문점이 드실 수 있어요. '꼭 그 직원이 하자는 색 말고 다른 컬러로 해서 잘 팔렸을 수도 있지 않아?'라는 의문. 아주 좋은 예가 있어서 말씀드릴게요.

이 직원이 컬러를 잘 안다고 해서 처음부터 모든 컬러에 손을 댄 건 아니었어요. 이 직원은 영업부였고 다른 일을 해야 했죠. 크게 문제가 되지 않는데 모든 컬러에 반기를 든 것도 아니고.

사장님도 나름 미래지향적이셔서(어쩔 땐 너무 앞서가셨음) 디자인에 일가견이 있으신 사장님이셨어요. 직원의 이야기에도 귀를 기울여주셨기에 이런 성공 예시도 만들 수 있었죠.

아무튼 컬러가 바뀜으로 해서 사장될 뻔한 제품이 지금까지도 베스트 제품으로 남은 애플 미끄럼틀의 얘기를 들려드릴게요.

이 제품 이미지를 보시죠.

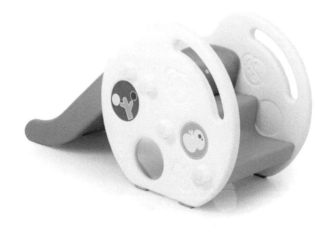

아주 작고 귀여운 사과에서 영감을 받아 만든, 아기들 첫 미끄럼틀이에요. 보통 아장아장 걷기 시작할 때 대근육을 키우기 위해 가지고 노는, 아주 사랑받는 제품이죠. 이 역시 국민 육아템입니다.

근데 이 제품이 처음부터 사랑받은 건 아니었어요. 이상하게 안 팔렸죠. 참 앙증맞고 귀엽고 이쁜데 왜지? 왜지? 한 달에 많이 팔리면 150개, 아님 100개. 간신히 이 제품을 찍어내려면 500~1,000개를 생산해야 하는데 한 번 찍어내면 몇 달을 팔아야 하니 효율도 안 나고 물류비도 안 나왔죠.

이유를 생각했어요. 저도 이 제품을 사려다 못 샀는데 그 이유가 너무 바쁘다 보니 사 가야지, 사 가야지 하다 보니 아이가 자라서 다음 레벨의 좀 큰 미끄럼틀을 사게 된 거예요. 이게 쓰는 시기가 길지 않거든요. 하지만 이때 갖고 놀 미끄럼틀은 당시 없었어요. 그래서 생각했죠. 아, 이게 시기가 짧아서 엄마들이 나처럼 놓치거나 그냥 패스하는구나. 이건 그냥 여기서 접어야겠다.

그러다 문득 이 제품이 어디에 놓이나 봤더니, 우리가 만든 베이비룸과 매트 위에 놓이는 거예요. 아이들 놀이터니 당연히 베이비룸 안에 설치되더라구요. 그리고 그때는 이미 놀이방 매트도 화이트 그레이로 바뀐 뒤였어요. 올 화이트거나 화이트 그레이. 이것도 아이팜이 바꿔놓은 거죠.

그래서 혹시나 하는 마음으로 마지막이다 생각하고 컬러를 바꿨어요. 어떻게 됐을까요?

　진짜 놀랍게도, 그렇게 안 팔리던 제품이 한 달에 300개로 늘더니 다음 달엔 500개, 1,000개, 1,500개, 크리스마스 같은 성수기에는 2,000개까지 팔렸죠.

　물론 사진을 예술로 찍었어요. 베이비룸과 같이 연출해서 모델과 전체적인 인테리어까지 다 극적으로 연출해서 아름답게.

　이렇게 죽은 제품을 살리는 것도 회사에선 엄청난 이득이지만 또 한 가지, 회사에서 돈을 아끼면서 돈을 지속해서 벌 수 있는 좋은 예시가 있어요.

　오늘 이 회사의 컬러 이야기는 이 제품으로 마무리하려 해요. 바로 이 역시 2014년부터 현재까지 미끄럼틀 1위를 하고 있는 카카 미끄럼틀인데요. 이 제품 역시 몇 번을 상승과 하강 곡선을 여러 번 탔어요.

다시 상승 곡선을 타고 한때에는 가장 많이, 가장 오래 인기였던 컬러가 신의 한 수였죠.

회사에서는 금형 파는 데 초기 투자 자금이 많이 들어요. 들어가는 모든 부품을 파야 하고 철로 만들어지기 때문에, 특히 덩치가 큰 제품은 초기 비용이 꽤 많이 들죠. 그래도 한 2년 열심히 잘 팔면 원금 회수하고 이득도 볼 수 있는데 이 제품은 컬러를 바꿈으로써 생명 주기를 계속 늘려서 지금까지 팔고 있는데, 이런 제품은 거의 없습니다. 물론 이건 처음부터 디자인 자체를 잘한 개발팀의 큰 공을 얘기 안 할 수 없네요.

그중 가장 잘 팔렸던 컬러와 그 컬러가 어떻게 만들어졌는지 얘기를 드릴게요. 미끄럼틀 역시 빨강, 파랑, 녹색 위주였고 특히 그때 스텝2의 대형 제품들인 지붕카 놀이집 미끄럼틀 그 역시 없어서 못 파는 제품이었어요. 가격대도 상당했고, 지금은 역시 한국에서만 인기 없는 제품이 됐죠. 아직 해외에선 인기예요. 어쨌건 가장 히트 친 미끄럼틀 컬러 탄생 일화를 말씀드릴게요. 카카는 그리 잘 팔리지 않았어요. 컬러 담당이 돼버린 그 직원은 카카의 컬러를 바꿔 매출을 일으킬 생각에 고심에 잠겼죠. 그때 새로 입사한 남직원이 '차 하면 남자죠.' '아빠가 사줄것 같아요. 차 고르는 심정으로.' 이렇게 말하는걸 들었죠. 그 미끄럼틀이 자동차 모양이었거든요. 앗, 그럴 수도 있겠다 싶어서 고급 세단 색을 생각하죠. 짙은 블루로 튀면 집에서 너무 눈에 띠니 적당히 채도를 흐리고, 그 블루를 좀 더 눌러주는 베이지를 선택해요. 당시 샘플을 뽑고, 모두 다 반대했어요. 공장에서도 회사

내에서도 모두 고개를 좌우로 흔들었죠.

그래서 바로 출시를 못 하고 한 달 동안 세워두고 맞는지 확인, 또 확인하고 확신에 든 어느 날 생산을 시작했구요. 천만다행히도 대성공, 모험을 걸었던 그 직원도 한숨을 돌렸죠. 그 컬러는 카카 미끄럼틀의 가장 히트작이 되고 매월 3억 원에 가까운 매출을 일으켰어요. 월 약 2,000대 팔렸죠. 그렇게 코로나가 극성이던 2020년까지 팔고 다시 부드러운 컬러로 변하게 됩니다. 크림 톤의 미끄럼틀로.

오피스 하나와 파주 물류에서 시작했던 아이팜은 오피스층의 전체 사무실을 빌려 쓰다가 사옥을 세웠고 물류는 엄청 커졌습니다. 세계 17개국에 수출을 하게 되고 현재까지 명맥을 이어가고 있습니다.

다음엔 어떤 컬러를 도입해 다시 붐을 일으킬지 매우 기대되는 기업이에요(하지만 이 시점에 저는 퇴사를 하게 되죠. 넥스트는 물음표입니다).

소비자에 귀를 기울이시고, 만드시는 제품이 놓이는 환경을 생각하신다면 지금 만들어진 제품보다 소비자의 픽을 더 많이 받으실 거고, 바로 매출로 이어질 거예요.

3. 동기부여의 중요성

첫 번째 동기부여, 내 성공의 시작점

- 내가 만드는 동기부여, 그게 성공의 시작이다

나는 늘 멋지게 살고 싶었다. 길을 걸을 때는 이어폰을 통해 들려오는 그 음악이 나만의 OST가 되고, 난 참 활기차게 활보를 한다. 내 삶의 자잘한 순간들 속에서도 감성이 이성을 앞서는 나는, 유치하지만 내 인생의 주인이 나듯 내 삶이 영화라면 내가 여주인공이었다.

나는 오랫동안 하루의 제일 많은 시간을 일하는 내 직장에서 멋있어지고 싶었다. 반대로 얘기하면, 찌질해지기 싫었다. 그래서 영업직을 하면서도 폼이 나야 한다고 생각했다. 폼생폼사, 그것이 나를 발전시키는 첫 번째 동기부여였다.

내가 하는 일에 대해서는 드라마 주인공처럼 모르는 거 없이 누가 물어봐도 척척 대답해야 했고, 매출도 잘 나오고 일도 잘해서 이 사무실, 이 바닥에서는 잘나가는 사람이 되어야지.

좀 어이없는 동기부여지만 나에게는 잘 맞았고, 난 실제로 그렇게 변해갔다. 마지막으로 다닌 회사는 다행히 찌질한 회사는 아니었다.

내가 생각하는 중소기업은(그 전의 회사는 회사가 잘나가든 안 나가든 결제를 잘 안 해주고 부서 간의 구분이 거의 없었다) 거래처의 결제가 밀려 있고, 내가 맡은 부서의 일 외에 이것저것 마구잡이로 시키는 것을 당연시하는 회사, 특히 결제가 안 되는 회사의 영업직원은 늘 죄송하다는 말을 입에 달고 살아야 했기에 정말 힘들었다.

내가 마지막으로 15년 다녔던 회사는 그런 면에서 참 깔끔했다. 상품 판매도 영리하게 잘해서 그 분야에서 1탑으로 꼽히는 밴더였다. 다행히 대기업 몰의 엠디들을 만날 때도 굽신거리지 않고 갑과 을이 평등하게 대할 수 있었다. 그래서 나는 더 날개를 달고 내가 하고 싶은 일들과 매출에 기여할 수 있는 수많은 제안을 했으며, 시키는 일은 빠른 시간 안에 끝내고, 남은 시간은 나를 부각시키는 데 사용했다. 무엇을 해야 내가 이 회사에서 탑이 될 것인가. 경쟁하려는 마음은 없었다. 누구를 누르고 제치며 진급하려는 욕심도 없었다. 그저 나 스스로가 누구에게나 인정받는, 일 잘하는 사람이 되고 싶었을 뿐이었다.

나의 폼생폼사 전략은 나를 많이 발전시켰다. 실은 너무 간단한 건데, 노력은 필요했다. 회사 제품에 대해 빼곡히 빠짐없이 알아야 했고, 사장님이나 상사가 질문할 질문에 대해 미리 공부하고 준비해야 했다.

나는 새로 입사하는 직원들에게도 늘 멋지게 일하자, 그러려면 네가 일하는 부분이 굉장히 프로페셔널해야 하며 그래야 회사 안팎에서 당당하게 일을 할 수 있다고 가르쳤다. 직원들도 그 부분은 좋아했던 것으로 기억한다.

이렇게 나의 동기부여는 간단하지만 멋있게 일 잘하는 직원이 되는 것을 시작으로, 앞으로 수많은 동기부여가 생겨난다. 동기부여는 열정을 동반한다. 이어지는 내용에서 성장하는 과정과 새로운 동기부여들을 만나보자.

남은 모르는 나의 동기부여

가끔 회사 다닐 때 사장님이 하신 말씀. 퇴사하는 날 인사드리러 갔을 때 쓸쓸하게 사장님이 내뱉은 말씀.

"나는 정말 어쩔 때는 나보다 더 회사를 위하는 네가 신기했다. 너는 스페셜했어."

나는 왜 그랬을까? 잘 보이려 그렇게 했다면 티가 났을 것이다. 나는 그저 내가 속한 회사라는 곳, 그리고 같이 시작한 브랜드 아이팜이 나에겐 나의 자존심이고 울타리였다. 당연히 어려운 일이 생겼을 때 제일 많이 고민하고 문제를 해결하려 앞장섰고 단 한 번도 회사의 일이라고 생각한 적이 없다. 회사의 일은 내 일이었다. 나는 회사 다니는 동안 로또를 산 적이 없다. 원래 로또를 사지도 않았지만, 정말 좋은 꿈을 꾸었다면 모든 운이 다른 데로 흩어지지 않고 회사에 쏠리기를 기도하며 로또를 사지 않았다. 가끔 답답할 때 점 보러 갔을 때도, 결혼 전에는 "저는 언제 결혼할까요"였지만 결혼한 후에는 "회사가 잘될까요?" 내가 이 회사 사장인 것처럼 물어보곤 했었다. 어쩜 당연한 거 아닌가. 회사가 잘돼야 내가 잘되는 거 아닌가.

아니, 어쩜 나보고 바보라고 할 수 있다. 회사가 잘되어 봤자, 내가 얻을 수 있는 것은 그저 이름뿐인 직급과 그에 따라오는 적당한 보수.

아니, 나에게는 목표가 있었다.

목표 1: 회사가 정말정말 잘되게 한다.
목표 2: 나의 모든 역량을 발휘하여, 회사에서 절대 없어서는 안 될
　　　　사람이 된다.
목표 3: 내가 원하는 조직을 키우고 양성하여 내가 없어도 잘 돌아
　　　　갈 수 있도록 만든다.
목표 4: 연봉 이상의 대우를 받는다.
목표 5: 매년 한 달 이상의 유급휴가를 받아 해외여행을 간다.

나는 여기 적힌 목표를 거의 달성했는데, 회사는 날 따라오지 못했다. 중간에 중국 거래처에 관한 의견 차가 커졌고, 그 후에는 중국 상황이 안 좋아지면서 어떠한 최악의 경기에도 좋은 상품으로 굳건하게 매출 상승을 이어가던 회사가 힘을 잃기 시작했다. 나의 몸도 같이 안 좋아졌다. 그렇게 내 목표는 완전하지 못하게 막을 내렸다.

그래도 내가 이만큼 성장할 수 있었던 이유, 그렇게 매진해서 많은 도전과 성과를 얻을 수 있었던 이유는 월급을 받는 회사에서 정확한 목표를 정해놓고 일했기 때문이다.

내가 나에게 주는 동기부여는 그 어떤 보상보다 나의 능력을 최대치로 끌어올리게 만든다. 그게 흔히들 말하는 열정이라는 것을 생기게 하기 때문이다.

동기부여로 열정을 끌어내라

어떠한 일을 할 때 그 일이 무엇이든지 가장 중요한 게 열정이고, 그 열정을 일으키는 것이 동기부여라는 것을 안 것은 2014년 봄, 아기를 낳기 위해 육아휴직을 했고 회사를 잠시 떠나는 그날이었다.

그때 사장님이 나에게 내가 섭렵한 나의 노하우를 적어놓고 직원들을 모아 교육을 해주고 가라는 지시가 없었다면 아마 지금까지 몰랐거나, 책에 적인 그 말들을 비웃으며 그게 말이 쉽지, 너무 원론적인 이야기 아니야? 열정 중요한 거 누가 몰라? 이렇게 지나쳤으리라.

나는 한참 주가를 올릴 때 아기를 가졌다. 물론 너무 행복했다. 늦은 나이에 결혼해서 아이를 못 가질 수도 있다고 마음을 먹었기에 결혼한 후 2년째 임신 소식은 세상의 모든 것을 얻은 듯 기뻤고 일에 대한 걱정이나 미래에 대한 걱정은 들지도 않았다. 안 하면 그만, 지금 생각해보면 어떻게 그렇게 순간만 생각했었는지. 어리지 않았던 어린 나에게 말해주고 싶다. '윤희야 일은 꼭 해야 해. 그건 놓으면 안 되는 거야.' 살아보니 그렇더라. 이 얘기는 뒤로 미루고, 하던 얘기를 해보자.

회사에서 일을 꽤나 열심히 했고, 운이 너무 좋게도 임신하기 1년 전에 나의 성과는 하늘을 찌르고 회사는 나로 인해 번창했다. '놓치지 않을 거예요.' 김희애도 나를 잡았으리라.

임신 사실을 알고 대표님 입장에서는 매우 당황스러웠겠지만, 난 너무 당당하게 말씀드렸다.

"저 퇴사하겠습니다. 이유는 노산이고, 아이를 잘 길러보고 싶은데 3살까지는 엄마가 옆에 있어야 한다고 하더라구요. 그리고 싶어요. 3년 후 제가 필요하시면 재입사하겠습니다."

지금 생각하면 대표님은 무슨 생각을 하셨을까? '으이그, 넌 곧 돌아올 거야. 애 키우는 게 얼마나 힘든데, 넌 일하고 싶을걸?' 나를 너무 잘 아셨으리라…. 그리고 잘 달래고 싶었을 수도. 어쨌든 대표님은 "퇴사하지 말고, 네가 돌아오고 싶을 때 돌아와라"라고 해주셨다. 사실 그 말씀은 천군만마 같았다. 왜 불안하지 않았을까? 먹고사는 문제가. 감사하다고 대답했고, 난 실제로 1년 반 만에 파트타임으로 일하다가 2년쯤에 정식 복귀를 했고, 아이와 3년간 함께 있는 건 실제로 일하는 것보다 힘든 일이었다. 난 일하면서 더 밝게 웃어주는 좋은 엄마가 되는 걸 느꼈다. 육아는 진짜 쉽지 않은 것이다. 애 볼래 밭 맬래? 네, 밭 맬게요. 산도 탈게요.

우리 회사는 공동 대표 체제였다. 한 분은 쉽게 대표님이라 부르시고(이분은 해외 수입, 전체적인 결제, 인사를 담당하신다) 한 분은 사장님이라고 불렸으며, 개발과 영업 전체를 아우르신다. 영업은 후에 나에게 통째로 인계해주신다. 이 정확한 삼권분리가 어쩌면 우리 회사가 성공했던 비밀이었을 수도.

나와 밀접하게 일하시던 사장님은 대표님과 입장이 조금 다르셨다. 많이 불안해하셨다. 육아 중에도 전화도 주시고 많은 문의를 해주셔서 내가 쓰임새 있는 인간임을 실감케 해주시는 감사한(?) 일을 해주셨다. 웃어야 할지, 실제로 싫지 않았다. 인정받는다는 건 인간에게 너무나 필요한 부분이다.

떠나려는 날, 사장님은 오전에 갑자기 나를 부르시더니(혹시 내가 안 돌아올 수도 있는 부분을 미리 준비하셨으리라) 내가 일 년간 펼쳤던 퍼포먼스의 노하우를 적어주고 가라고 하셨다. 자기가 공부하겠다고. 그러더니 아니다, 직원들을 모아줄 테니 아예 교육도 하고 가라 하셨다.

갑자기? 한 번도 고민해본 적 없고 생각해본 적이 없었는데 어떻게 적고 어떻게 가르치지? 시간은 한 시간 정도 있었다.

순식간에 일필휘지로 적어 내렸다. 신들린 것처럼. 어떻게 그런 컬러를 생각해냈는지, 작명은 어떻게 해야 고객들에게 다른 상품들보다 눈에 띄며 제품을 살릴 수 있는지. 두 장 정도였던 것 같다. 쓰면서도 생각했다. 이걸 직원들이 알아들을까? 아마 사장님은 어느 정도 익히시리라. 왜냐면 사장님은 지금 절실하니까. 한 분은 내 상사, 다른 친구들은 별 생각이 없어 보이는 친구들. 아무도 관심이 없을 것 같고, 나를 시기하는 친구들도 있을 텐데. 에이 모르겠다. 사장님을 위해, 회사를 위해 모든 걸 끌어내 적어보자는 심정이었다.

두 장에 빼곡히 노하우를 적어내고는 마무리를 지으려는데 고민이 됐다. 이걸 알려준다고 할 수 있을까? 내가 이걸 그냥 한 건 아닌데.

굉장히 많은 시간에 걸쳐 이전에 공부하고 준비했기에 상상력이 제품으로 승화된 것인데. 그냥 알려준다고 될 일이 아닌데 말이다. 이것보다 더 알려줘야 할 가장 중요한 그 무언가가 있을 텐데 그게 뭘까?

그러다가 생각났다. 그래 내가 이렇게 할 수 있었던 것은 '열정'이었어. 이 형태가 없는, 실체가 없는 이 열정이란 아이가 없었으면 난 디자인과 마케팅에 대한 공부를 회사가 시키지도 않은 일들을 뒤에서 해내면서 이런 성과를 내지 못했을 거야. 근데 열정은 왜 생겼지? 동기부여다. 그래, 동기부여가 있어야 열정이 따라오는데 이 동기부여는 각자가 자기에 맞게 만들어야 한다.

그게 결론이었다. 허무하지만 정답.

열정과 동기부여.

세상에는 수많은 자기 계발 서적이 있다. 유튜브에도 엄청 많은 성공 노하우 콘텐츠들이 넘친다.

근데 왜 모든 사람이 성공하지 못하는 것일까. 자신만의 동기부여가 없었고, 그로 인해 피 끓는 열정 없이 노하우만 찾았기 때문이다.

지금 당장 책을 덮고 생각하자. 내가 지금 성공하려는 이유를 종이에 적어보자. 그리고 가장 가까운 것부터 이루려 해보자. 당신은 그것을 위해 당장 무엇을 시작해야만 할 것이다.

돈이 동기부여가 된 후 달라진 것

자꾸 동기부여 이야기를 하게 되는 건 그만큼 동기부여가 중요하기 때문이다. 다른 관점에서 동기부여 이야기를 해보겠다.

나의 처음 동기부여는 주어진 일을 멋지게 해내고 싶은 폼생폼사, 이건 참 괜찮았다. 난 그저 멋 내는 걸 좋아하는 사람이다. 겉도 속도.

나의 두 번째 동기부여는 팀장이 되고 나서, 팀원들을 잘 키우고 싶은 욕심이 커졌던 것이다. 이들은 누구를 만났는가에 따라 달라질 운명일 수도 있겠다는 오지랖이 발동됐다. 특히 완전 신입사원에 대해선 그런 마음이 더 들었고, 경력이 꽤 됨에도 불구하고 일을 잘 못하는 직원을 보면 더 완벽히 성장시키고 싶었다. 이 전쟁 같은 삶 속에서 어디 가서든 자기 밥그릇 잘 챙기는 사람으로 만들어주고 싶었다. 나를 만나서 성공한 인생까지 기대하는 건 아니고, 적어도 나를 만나서 더 일을 못하는 사람이 되게 하는 건 그들의 인생에 잘못을 하는 것 같았다. 그게 나의 두 번째 동기부여였다.

나의 세 번째 동기부여는 육아휴직을 갔다 와서 폭발했다. 진심으로 회사에 보답을 해주고 싶었다. 참 남다른 동기부여들을 가지고 있었다고 할 것이다. 그런데 정말 그랬다. 긴 시간을 그냥 기다려준, 출산을 하고 육아를 하며 조바심 없이 행복하게 가정을 지킬 수 있었던 건 사장이 아빠나 엄마여야 가능하지 않을까 싶다. 내가 잘해서라기보다는 대표님의 크나큰 배려라고 생각한다. 육아 중에도 도움을 드릴 수 있는 건 메일로 정리해서 보내기도 했었다.

실제로 육아를 마치고 첫 출근하는 날 지하철을 올라오며 마포 하늘을 보는데 출근할 곳이 있다는 것이, 일할 곳이 있다는 것이, 2년간의 소비 생활 대신 무언가 생산적인 일을 할 수 있는 곳이 나를 기다리고 있다는 것이 너무 기뻤고 그 하늘이 아직도 기억난다. 몇 년간은 그렇게 회사를 위해 일했다.

직급이 높아지자 책임감이 높아지고, 이제는 내가 지금까지 이루어 놓은 1위라는 자리, 그리고 많은 상품들이 나를 밀어붙였다. 일하라고, 지키라고. 그때는 동기부여고 뭐고, 나를 포함한 모든 상황이 나를 밀고 또 밀어 나는 떠밀리듯 일을 했다.

그렇게 살다 보니 나는 어느새 직급이 계속 높아지고, 연봉도 따라 올라가며, 그 외에 복지도 꽤 좋아졌다. 다른 부분은 모르겠으나 예전에는 힘들어도, 돈을 적게 벌어도, 그래도 지금 하는 일이 좋아, 내가 할 일이 있어. 내가 지켜야 할 팀이 있어. 이런 것들이 나를 일으켰다면 어느새 나는 돈을 보고 있었다.

근데 참 이상하게도 돈은 나를 지켜주지 못했다. 예전처럼 힘들고 고비가 찾아왔을 때 돈이라는 것이 처음에는 나를 회사에 남게 해주고 일을 하게 하는 동기부여가 됐으나, 어느 순간부터는 전혀 도움이 되지 않았다. 돈만 남은 어느 지점에 다다르고 나서야, 나는 이제 돈 좀 버나 하는 시기에 퇴사를 결정했으니 참 아이러니한 일이다.

또한 돈이라는 것, 연봉이란 것은 상한점이 없었다. 얼마 안 되는 돈이 꽂혀서인가, 관심도 없어 통장도 체크하지 않고 일만하던 내가 조금 더 받아야 하지 않나? 이렇게 회사에 많은 도움을 주는데, 일을 이렇게 많이 하는데, 내 연봉이 더 높아야 하지 않나? 내가 없으면 회사가 안될 것 같은데, 나는 이 회사에서 너무 중요한 존재인데, 왜 나는 이런 대접을 받나, 나는 누구인가.

지금 생각하면, 참 나 같지 않은, 주변 사람들은 이제서야 네가 정신을 차렸구나, 넌 받아야 한다, 진작 받았어야 한다, 지분도 요청해야 한다 했지만 나답지 않았다. 그래서 재미가 없어졌다. 결국 나를 움직이는 것은 돈이 아니고 성과에 따른 보람과 성취감이었다. 나는 그런 사람이었다. 퇴사를 하고 나서야 깨달았다.

누구나 그런 것은 아니다. 하지만 진짜 중요한 건, 연봉이란 것은 내가 힘들 때 나를 일으켜주는 것 중 가장 중요한 1순위는 아니라는 것이다. 좋아야 하고, 신나야 하고, 설레야 한다. 그런 일이어야 힘들어도 다시 털고 일어날 수 있는 건 분명하다.

어디선가 방송 매체를 통해서 들은 적이 있는 내용을 좀 적어보겠다. 적당한 월급이 좋을 수 있는 이유, 사장에게 조금 미안한 감정이 남을 정도의 월급이 좋다. 내가 원하는 만큼 받는다면 사장은 나에게 모든 것을 해준다고 생각하고 더 많은 것을 원하고 그 값어치를 못 한다면 아까워질 것이다. 그럴 때 사장님의 감정 변화를 눈치챘을 때 나의 업무 능력은 오히려 쇠퇴했다. 그랬다.

회사에서 최고의 대우를 받는 순간 나는 그 이전의 당당하던 나 대신 대표님 눈치를 보는 내가 되어 있었다.

4. 시작하는 사람들을 위하여

면접, 자기소개서

요즘은 취직을 할 때 어떤 식으로 하는지 궁금하다. 이력서를 써본 지 너무 오래되었다. 이전 회사에 입사하기 전까지는 2년에 한 번꼴, 짧게는 1년 6개월마다 옮겨 다녀서 이전 회사가 10번째 회사였고, 이 력서랑 자기소개서를 쓰는 데는 능통해 있었다. 눈을 낮춰서 쓰기도 했지만, 원하는 곳은 대부분 한 번에 붙었다.

그리고 내가 사업을 해봤었기에 어떻게 이력서를 볼까, 좀 다른 시 각을 가지고 자기소개서를 썼었다.

한때는 자기소개서를 너무 거창하게 쓰는 것이 유행인 적이 있었 다. 그 안에서 PPT를 쓰기도 하고, 뭔가 그럴싸하게 긴 페이지로 자 신을 소개하는 그런 시기가 있었던 것 같다. 그렇지만 지금은 아닌 것 같다.

내가 회사에서 요직을 맡으면서 나는 내 관련 부서 사람들을 뽑을 때 면접관으로 대표님과 같이 나갔었고, 그 이후 수많은 이력서와 자 기소개서를 봤는데 이제는 누구나 같은 포맷으로 만든 업체에서 제안한 자기소개서를 받았었다.

내가 볼 때는 이전에 그 화려한 자기소개서보다 이렇게 같은 포맷으로 만든 자기소개서가 훨씬 보기 편했다.

그리고 핵심적인 내용을 어떻게 그 안에서 잘 표현하는가, 회사에서 원하는 바를 읽고 거기에 맞게 자신을 보여주는가를 명확하게 볼 수 있다고 생각한다.

자기소개서에서 자신을 꾸미는 내용을 보면 절대 그 사람을 알 수가 없다. 너무 자랑이 많은 친구도 얼마든지 꾸며서 쓸 수 있는 것이고, 너무 겸손하게 쓴 친구도 일부러 그럴 수 있겠다는 생각이 들었다. 이력서, 자기소개서, 하다못해 면접을 보고서도 나중에 그 사람이 내가 생각했던 사람이 전혀 아닌 적이 많았다. 아주 활달하고 사교성이 좋으며 그런 걸로 인정받았다는 직원은 회사에서 너무 행태가 안 좋고 남 욕을 하고 지시하는 일에 대해서 이상한 고집을 부리며 아주 사소한 지시도 듣지 않아 관련 부서에서 일하느라 애를 먹었고, 결국에는 같이 일을 할 수 없었던 경험이 있다.

사실 그런 일은 흔한 경우이기도 하지만 또 특수한 경우이기도 하다. 대부분은 무난히 잘 적응하고 면접 때에 느꼈던 분위기를 끝까지 가져가는 경우가 더 많긴 하다.

다시 자기소개서 이야기로 가보자. 어떻게 써야 할까.

첫째, 뽑는 부서에 적합한 사람이어야 하는 건 너무 당연하다. 그렇다면 그 부서에 필요한 사람이 본인이 맞는지 정확히 알고 있어야 하는 것이 첫째이다.

이건 너무 당연한 게 아닌가 생각하겠지만, 실제로 이력서와 자기소개서를 보면서 왜 지원했지? 하고 고개를 갸우뚱하게 하는 경우도 심심치 않게 있다.

아주 기본적인 것은 모든 곳에서 통한다. 기본적으로 자신이 할 일을 정확히 알고 있는가, 그게 첫 번째로 중요한 점이다.

둘째, 문장의 시작이 나는 제일 중요하다고 생각한다. 자기소개서를 하나의 단락으로 길게 쓰는 것보다는 1. 경력, 2. 매출 상승시켰던 남다른 노하우(기존 회사에서 자기가 두드러지게 잘해서 인정받았던 사건), 3. 지원하려는 회사를 미리 검색하여 어떤 면이 좋고 어떤 면에서 자신의 역할이 필요할 것 같다는 사전 분석의 자세, 4. 본인 성격의 장단점(이건 사실 주관적일 수 있어 정확히 그 사실을 믿지는 않지만 필요한 부분이다)을 적는 것이 좋다.

여기서 경력은 대부분 했던 일을 적는다. 이것도 매우 필요하다. 앞으로 이 친구에게 무슨 일을 시키면 바로 자리를 잡을 수 있을까, 우리가 필요한 직원이 맞는가를 알 수 있는 부분이기 때문이다.

근데 문제는 보통은 1번에서 바로 4번으로 넘어간다는 것이다. 2번과 3번은 없는 경우가 많다.

내가 예전에 자기소개서를 썼을 때는 2번을 매우 길게 썼으며, 4번을 쓸 때에도 일과 관련되어 회사에서 있었던 사례를 통해 나의 성격을 적었다. 어차피 회사 밖에서의 나의 성격, 즉 나의 자라온 환경과

친화력은 회사 내에서는 알 수도 없고 표현되기도 힘들기 때문이다.

3번은 나도 부족하게 썼던 것 같다. 이유는 그전에 입사한 회사들의 브랜드가 약했고 뭔가를 파악하기조차 힘든, 그냥 그런 회사여서였다.

하지만 이전 나의 회사는 유튜브, SNS, 홈페이지 등에 회사에 대한 설명이 여기저기 가득하고 카테고리에서 1위를 하는 회사였기에 충분히 관찰하고, 그 회사에 대한 지원자의 생각과 마음과 할 수 있는 일들을 적는 성의는 꼭 필요하다고 생각했는데 생각보다 별로 없었다.

결국 그 많은 자기소개서 중 면접으로 이어지는 자기소개서는 위에 모든 것을 담은 것, 적어도 1번, 2번, 4번은 꼭 있어야 하며, 없다면 그냥 지나쳐버리게 되었다.

다음은 면접 자세에 대해 말해보겠다.

면접 보러 오시는 분들도 보면 참, 음… 개성이 넘치신다고 표현하자.

면접 보러 온 것이 맞으신가? 하는 생각이 들 때도 있다. 복장이 불량해서라기보다는, 면접이란 짧은 시간 내에 자기를 가장 최고로 보이게 표현하고 입사할 수 있도록 상대방의 눈에 인상적으로 보이거나 자신의 능력을 어필하고 설득하는 시간이다.

아무래도 첫인상 외모의 단정함은 기본이 아닐까. 동네 어귀 슈퍼마켓에 나온 듯한 아쉬운 인상을 남기시는 분도 계시고, 어쩜 그분은 최선이었으리라.

팀마다 분위기가 다른데, 아무래도 내가 면접관이었던 부서는 영업, 마케팅 부서이기 때문에 외부 미팅도 잦을 수 있는 부서다. 커뮤니케이션 능력과 단정하거나 매력 있는 외모(잘생기고 이쁜 것과는 다른 차원이다)라면 플러스 점수를 받을 수 있다. 잘 웃는 호감형이라든지, 상대방 말에 귀 기울여주는 자세라든지, 본인을 어필할 때는 좀 더 적극적으로 강한 의지를 보여주는 추임새나 눈빛, 어투 등 모든 것을 보는 자리다.

침착하면서도 부드럽게 자신의 이야기를 이끌어나가는 분들도 인상적이었다. 보통 면접 자리는 어려워 긴장하기 마련인데, 당황하지 않고 침착하게 질문에 대한 대답을 잠시 숨을 고르며 급하지 않게 대답하는 모습도 인상적이었다.

약간 몸을 앞으로 기울인 채 20대 후반 30대 초반의 젊은 혈기를 보이며 눈을 반짝이면서 꼭 입사하고 싶습니다 말하는 모습들도 좋아 보였다.

나는 면접 시간에 대해 좀 다르게 생각하고 있었다. 회사 측에서도 우리를 어필해야 우리가 뽑고 싶은 직원이 면접 후 우리 회사를 선택할 것이라고 생각했다. 즉, 면접 시간은 회사가 직원을 평가하기도 하지만 직원도 본인이 이 회사와 맞나를 판단하러 왔을 것이라고 생각했다.

나는 정말 맘에 드는 직원이 있으면, 대표님 질문이 끝나시면 나는 따로 그 직원에게 시간을 내어달라고 하고 추가적인 질문과, 나와 함께 일했을 때, 우리 회사에 지원했을 때, 다른 회사와 다르게 어떤 장점이 있고 어떻게 즐겁고 신나게 일할 것인지, 어떤 어려움이 있을지를 솔직하게 얘기하고 또 나와 회사를 어필했다. 그렇게 면접을 본 친구들은 백 프로 우리를 선택해주었고, 실제 회사를 다니면서 서로 잘 단합하여 일할 수 있었던 것 같다. 그리고 간혹 회식 자리 때 면접 보던 그날의 각자의 심정을 안주 삼아 이야기하는 것도 큰 재미였다.

그러고 보니 그 많은 회사의 면접 중, 기억나는 면접은 딱 두 번이다. 맨 첫 번째 회사, 바로 이전에 퇴사했던 회사. 나머지 기업들의 면접이 왜 기억이 안 나는지, 도통 기억이 안 난다.

신입사원이 살아남는 노하우

신입사원들은 회사 출근 전 어떤 마음일까. 아, 나도 이제 드디어 직장인이다. 돈을 벌 수 있다. 부모님에게도 친구들에게도 이제 떳떳이 소속을 밝힐 수 있는 순간이 오는 것이다. 좋은 회사였으면 좋겠다는 생각과, 잘 적응해 멋지게 새로운 인생을 시작해보고 싶다는 생각을 할 것이다.

10명 중 몇 명이나 이 생각이 들어맞을지는 모르겠다. 나의 신입사원 시절은 한 번이었으니까. 사실 두 번째 회사부터는 기대감은 거의 사라진다. 어떻게 적응할 것인가에 대해 능숙함만 늘었을 뿐.

나도 어느 정도는 그랬던 것 같다. 내 신입 시절의 고난 행군은 다른 장에 있으니, 여기서는 신입사원의 마음가짐과 처세술에 대해 알려주도록 해보자.

첫째, 들어간 회사의 분위기가 어떨지 모르겠지만 그 회사가 처음이기에 대부분의 회사가 그런 건지 아니면 내가 들어간 회사가 하필 이런지, 아니면 생각보다 꽤나 좋은 회사일 수도 있겠다.

일단 회사 분위기가 나와 안 맞다 해도 무조건 2년 이상 버티길 바란다. 물론 자신과 잘 맞고 스스로를 업그레이드할 수 있는 일들과 선배들이 있다면 오래 다니는 것도 좋지만, 충분히 주변 다른 회사에 다니는 사람들에게 물어보고, 너무 안주하는 것은 아닌지도 체크해볼 필요가 있다.

둘째, 회사는 경제활동을 하는 기업임을 잊지 말자. 물론 어디든 사람이 사는 곳이고, 사람이 움직이는 단체임은 맞다. 인간적이길 바랄 것이다. 생각보다 기업이란 전쟁 같다. 경쟁 업체들과 같은 파이를 두고 누가 더 큰 파이를 먹을 것인지 경쟁하는 사회에서 조금이라도 나태하거나 트렌드를 쫓아가지 못하면 바로 큰 파이를 뺏기고 마이너스 성장을 하게 되기 마련이다. 그럴 때의 회사 분위기는 매우 삭막하기 때문에, 잘될 때나 안될 때나 늘 긴장감이 있는 곳이 회사이다. 하루에 일하는 시간에는 잠깐 숨을 돌리는 커피 타임, 담배 타임을 빼고는 모두 업무에 집중해 있는, 지금까지 겪어보지 못한 사회일 것이다. 그 곳에서 인간적인 것까지 바란다면 쉽게 우울감에 빠질 수 있다. 내 월급의 10배, 100배(기업 규모에 따라 다름) 이상의 매출이 내 자리에서 나와야 기업이 운영된다는 것을 잊지 말자.

신입이지만 프로의식을 갖는다면 좀 더 회사에 적응하기 쉽지 않을까 생각한다. 같은 취미를 가진 사람들이 스스로 모인 곳이 아니라, 회사의 필요에 의한 인재들이 면접과 사회 점수를 통해 모여 있는 사람들이라는 것을 잊지 말자. 나는 돈을 벌기 위해서보다는 회사의 매출에 기여하기 위해 앞으로 발전해야 하고 그게 스스로를 위한 발전임을 잊지 말자.

셋째, 사수와의 약속을 잘 지키자. 이건 너무 당연한 거 아닌가 하고 생각할지도 모르겠다. 하지만 나는 신입, 혹은 경력직인데도 불구하고 자기 스타일을 고집하면서, 사수와의 아주 사소한 약속도 지키지 못해 협업과 팀에 안 좋은 영향을 주는 직원들을 많이 겪어봤다.

아주 사소한 메모장 소지, 업무지시 기일 지키기 등 정말 사소한 일을 지키지 않으면 사수는 당신에 대해 신뢰를 잃을 것이고, 보통 회사마다 있는 수습 기간이 지나면 당신은 그 자리에 있기 힘들 것이다. 당신이 떠나든, 회사에서 권고를 받든.

그런 직원이 있었다. 처음이고 잊을 것이 많으니 회의 때는 꼭 메모지를 가지고 오라고 일러주었는데, 왜 무슨 까닭인지 꼭 빈손으로 혹은 핸드폰만 가져오는 경우다. '나는 이래요. 나를 포기하세요. 저는 제 스타일을 고수할 겁니다'라고 말하는 것 같았는데, 같이 일할 수 없게 된다.

업무지시 기일을 어기는 직원은 생각보다 많다. 업무를 지시할 때는 보통 '언제까지 해 오세요'라고도 하지만, 친절한 사수 같은 경우는 '언제까지 할 수 있으세요?'라고 물어보기도 한다. 그리고 함께 정한 기

일은 내일, 갑자기 오늘 나를 찾아와 '저 다른 바쁜 일들이 많아서 내일까지 시키신 일을 못 할 것 같은데, 기일을 더 주시면 안 될까요?' 그럼 저는 묻습니다. '그럼 제가 지시한 일을 어느 정도 하셨나요?' 여기서 다행히 거의 다 했거나, 마무리를 못 하는 중이라고 하면 '그래, 그럴 수 있다. 처음이니까.' 이렇게 이해해줄 수도 있다. 그런데, '하나도 못 했어요'라든지, 시작만 겨우 했다고 하는 경우도 많았다. 어디서부터 어떻게 가르쳐야 하나. 절대 무슨 일이 있어도, 중간에 어떤 태클이 걸려와도 사수와의 약속은 지켜야 한다. 당신은 한 번이라고 생각할지 모르지만, 이미 사수와의 신뢰는 깨졌다. 한 번의 실수였다면, 제대로 된 당신의 열의를 보여주려면 꽤 오랜 시간이 걸릴 것이다.

넷째, 모르면 이해할 수 있을 때까지 물어보자. 사실 어렵다고 얘기한다. 왜냐면, 물어보는 일 자체가 말을 못 알아듣는 것처럼 느껴져서 자신이 바보처럼 보일까 봐, 되물어보는 것을 대부분 두려워한다. 또는 처음 지시를 들을 땐 다 알겠다고 생각했는데, 회의실을 나와 내 자리에 앉으면 다시 머리가 하얘지면서 갑자기 무얼 해야 하는지 이해가 안 될 때가 있다. 아까 분명 다 알아듣는 것처럼 고개를 끄덕이고 나왔는데, 모르겠다. 어떻게 다시 물어보지? 시간은 계속 지나가고 나는 일을 할 수가 없다. 어떻게 할 것인가.

내가 처음 신입사원을 가르치기 시작했던 때는 이미 경력이 20년 정도 지나서였다. 신입사원을 가르친다는 게 그렇게 어려운 일임을 나는 처음 알았다. 너무 똑똑해 보이고 성실해 보이는 내 첫 신입 직원은 참으로 씩씩하게 대답했다. 분명 모든 것을 알아들은 사람처럼 너무도 확실하게 나에게 믿음을 주었다. 너무 믿음직하게 말이다.

하지만 기일에 가져온 그의 과제물은 이해할 수 없었고, 내가 지시한 것과는 완전히 다른 보고서를 가지고 왔다. 내가 말을 어렵게 했나? 내 실수인가 싶어 다음엔 더 자세히 이해했는지 확인까지 하고 돌려보냈는데 다시 보고하는 날은 지시와 다른 보고서를 가지고 왔다.

아 이런. 돌대가리? 구멍? 겉만 똑똑해 보이는 건가? 뭐지? 그리고 보니, 내가 얘기할 때 눈이 하염없이 흔들거렸다. 이해 못 하는 분위기다. 이럴 수가 있나? 도대체 이해가 안 갔다. 어떻게 더 설명해야 제대로 일을 해올 수 있다는 말인가. 절망스러웠다. 이 직원은 쓸모가 없구나.

그러다 내가 다른 곳에서 해답을 찾는 일이 생겼다. 그때 나는 노후에 대해서 이런저런 생각이 많아, 목공예나 은공예 등 기술을 배워야 살 수 있겠다는 생각에 빠져 있었다. 한참 은공예를 열심히 배울 때가 갑자기 떠올랐다. 아주 간단한 링 반지를 만드는 작업을 배웠었는데, 정말 쉽고 단순한 작업이었는데 나는 돌아서면 잊고 돌아서면 잊어서, 아 내 머리가 굳었나? 이럴 수가 있나? 너무 창피해서 선생님께 물어볼 때마다 "죄송해요, 또 기억이 안 나요, 한 번 더 알려주세요"를 반복했었다. 그렇게 사회에서 많은 경험을 하고, 직책이 월급깨나 받는 부장이라는 사람이지만 은 공방 안에서는 아무것도 모르는 신입이나 마찬가지였다.

그런 나를 선생님은 "그럴 수 있어요. 당연해요. 모르면 계속 물어보세요" 하고 나를 무시하지 않았기에 나는 맘을 놓고 질문 할 수 있었다.

나와 신입 사이에 20년이 넘는 갭 차이가 있다는 것을 깨닫고, 나는 내 이야기를 해줬다. 나도 은 공방에선 바보 같더라. 개의치 말고 너무 당연한 거니까, 물어보고 또 물어봐라. 내가 이해할 때까지 대답해 줄게. 그때부터 그 직원은 정확한 답안이 적힌 보고서를 가져왔고, 정말 무럭무럭 발전했다. 후에는 내 옆에 가장 힘이 되는 직원이 되어 있었다.

문제는 여러분이 다닌 회사에 그걸 이해하는 사수가 있을지는 모르지만, 당신이 잘못한 것이 아니니 익숙해지고 회사 일 전체가 보일 때까지는 당황할 수 있고, 회사의 플로우 자체를 이해 못 해 일을 하기 어려울 수도 있다. 모르는 부분을 정확히 물어봐야 정확한 대답을 들을 수 있음도 기억하자.

다섯째, 경력직이 되어서도 피해야 할 부분이긴 하지만 사람들이 모이는 곳이라, 이건 당신의 역량에 따라 다르겠지만 어느 회사든 회사를 너무 비난하거나, 자신의 위치를 비하하는 직원들이 있기 마련이다. 잠깐 쉬는 시간에 모이면 누군가를 욕하거나, 회사가 다니기 싫어 죽겠다는 직원들 무리에 잘못 섞이면 회사 다니는 것이 지옥이 될 수도 있다. 기분 좋은 바이러스보다 부정적인 바이러스가 더 널리 쉽게 퍼지기 마련이다.

시작하는 당신을 위하여

- 어디서든 나답게 일하게 된다, 낯선 곳에서의 시작도 망설이지 말자

일을 시작한다는 것, 어떤 일을 해야 할지 결정한다는 것이 정말 매우 중요한 일인 것은 맞다. 하지만 나는 너무 얽매이지 말고, 너무 길게 고민하지 말고 어디든 한 걸음 내딛기를 권유한다.

나도 처음에는 나를 위한 일, 내가 좋아하는 일에 입사지원서를 넣었다. 국제 기획, 이벤트 기획, 콘서트 기획, 패션에 관련된 업종, 방송에 관련된 작가 일 등등. 20대 때 내가 처음 무슨 일을 해야 할까 생각하고 고민한 끝에 정한 일들이다. 하지만 나는 그 모든 일을 할 수 없었다. 경력도 없었고 자격도 없었나 보다. 모든 업체에서 제외당했고, 패션 관련된 일은 급여가 생각보다 너무 적었다. 결국 하고 싶은 것도 해야 하고, 따지는 것도 있었던 나는 원하는 일을 하지 못했다.

그래서 나는 적당한 유통 회사에 취직하게 된 것이다. 그것도 아빠 친구의 힘으로.

하지만 여러분, 절대 실망할 필요는 없다. 나는 이전에 퇴사한 11번째 회사를 포함해서 정말 다양한 회사를 다녔다. 아무래도 시작한 일이 유통, 영업, MD 이러다 보니 많이 벗어나지는 못했지만 회사 카테고리는 참 다양했다. 하지만 나라는 사람이 어디 가겠나? 같은 일을 하더라도 나는 나답게 일을 했다. 그리고 조금씩 내가 하고 싶은 일을 하기 위해 같은 회사에서도 최대한 내가 좋아하는 쪽으로 업무를 옮길 수 있도록 노력하는 나를 발견했고, 직전 퇴사한 회사에선 거의 내 꿈의 반 이상을 이루었다. 많은 기획을 했으며, 디자인과 관련된 일을 했으며, 많은 카피를 쓰고 제품명을 정하고, 마케팅을 하면서 작가도 되어봤고, 유튜브와 네이버 방송 일을 하며 방송을 하는 느낌도 받았다. 정말 행복했다. 일이 재밌었다. 트렌드를 따라 계속 변화해야 하고 새로운 것에 도전하는 일이 나에게는 잘 맞았다.

그리고 나는 퇴사를 하게 되었고, 지금 이렇게 글을 쓰고 있으며, 매일 새로운 콘텐츠를 기획하고 업로드하는 작가, PD, 출연자의 세 가지 역할까지 하고 있다. 일단 시작을 하고, 어디든 한 발을 내딛고 경험을 쌓기를 바란다. 그 작고 다양한 경험들이 좋든 싫든 당신이 하고 싶은 일을 도울 것이다. 그리고 언제 어디서 만날지 모르는 새로운 인연이 당신의 꿈을 실현시켜줄지 모른다. 당신이 하고 싶은 일에 대한 꿈을 접지 않고 가슴 한편에 묵직하게 간직하고 있다면, 당신은 그것을 결국에는 할 수밖에 없을 것이다. 그러길 응원한다.

나답다는 것을 지키기 위해 너무 조급할 필요 없다. 나다운 일을 찾기 위해 너무 긴 시간 헤맬 필요도 없다. 지나보니 시간은 너무나 많고, 20대의 조급함, 30대의 조급함에서 40대에는 아마추어에서 프로로 넘어가는 기분을 느끼다가 뒤를 돌아보게 되고, 50이 된 지금도 앞으로의 시간이 길게만 느껴진다. 그동안 내가 하고 싶었던 일 대신 돈이 되고 기회가 주어진 일밖에 못 한 시간들도 많았지만, 그럴 때는 음악을 듣거나 친구를 만나면서 나라는 나다움을 잃지 않으려 애썼던 것 같다. 아니, 애쓰기보다는 그냥 그게 나다운 나여서 자연스럽게 그렇게 살아오지 않았나 하는 생각이 든다.

너무 바쁘게 지나가는 하루, 반복되며 지나가는 하루를 살다가 어느 날 정신이 바짝 차려지고 자기를 돌아볼 날도 올 것이다. 그게 어느 날 떠난 여행지에서 별이나 바다를 보다가 떠오를 수도 있고, 문득 집에 가는 전철에서 많은 인파 속 나를 보며 떠오를지도 모른다. 그렇게 결국에는 찾게 되어 있다. 하지만 또 하나의 우려는 그럴 때, 용기 내서 자신을 못 찾았다고 또 자신을 나무라지 말기 바란다. 그런 기회는 한 번만 오는 것이 아니다.

나도 간신히 50에 가까워서 더 늦기 전에 용기를 내보았다. 성공할지 실패할지는 아무도 모르고, 나도 내 앞날이 걱정되기도 했지만, 그 두려움과 성공 혹은 실패는 일을 열심히 할 때도 늘 내 옆에 있던 걱정거리였고, 돈을 안 벌지만 더 늦기 전에 시작한 지금의 도전은 걱정도 있지만 설렘이 백 배는 더 크다는 걸 기억하려 한다. 혹시 실패했다고 생각하는 그날에도, 실패라는 말 대신 첫 번째 시도라고 나 자신을 달래주고, 다시 시도할 수 있는 날을 기다려보라고 말해주고 싶다.

자, 이제 한 발 앞으로 내디딜 용기를 가져보자.

꿈을 가슴에 품고 놓아주지 말자
- 내가 다시 그 꿈 한가운데 있을지도 모른다

나의 어릴적 꿈은 방송국에 관련된 일을 하는 거였다.

미술 쪽에도 관심이 있었지만 꼭 해야 하냐, 진짜 잘할 수 있냐는 부모님의 질문에 포기했고 방송국 라디오 작가 일도 하고 싶었지만 역시 그 일이 꼭 하고 싶냐, 그 일을 진짜 잘할 수 있겠냐는 부모님의 질문에 그만두었다. 모두 다 그 일을 내 의지와 책임으로 시작하면, 잘 안될 경우 엄청 꾸짖음을 듣겠구나 싶어서 결국 여기저기 하고 싶은 일에 가까운 기획사 쪽을 기웃거리다 평범한 유통 회사의 직원이 되었다.

지금 생각해보면, 그냥 무작정 하고 싶은 일에 덤벼볼걸 하는 생각도 들지만 그 당시에는 생각도 할 수 없는 집안 분위기였다. 나를 믿어주신다기보다는 기성세대의 생각을 가지고 계신 엄격한 잣대로 나를 평가하셨던 부모님을 실망시킨다거나, 뜻을 거스르거나 괜한 모험을 하는 건 꽤 피곤한 일이라 생각했기에 다시 그때로 돌아가도 결론은 같았을 것이다.

난 그렇게 유통업, 상품기획, 판매 쪽에서 경력을 쌓아갔다. 영업관리, 물류관리, 영업, 영업마케팅 일을 하다가 중소기업이다 보니 상품을 팔기 위해 상세페이지 제작을 해야 했고, 그 업무를 남들보다 잘하기 위해선 마케팅 공부와 디자인 공부가 필요했다.

힘들었지만 상품의 상세페이지를 작업하는 일은 나에게 큰 기쁨을

쳤다. 관련 책을 보고 공부도 많이 해야 했지만 할수록 재밌었다. 아마 어릴 적 디자인 관련된 일을 하고 싶었던 꿈을 비슷하게 실현하는 느낌이어서였는지도 모르겠다. 깊이 공부하다 보니, 디자이너에게 뜻만 전달하는 수준에서 페이지 전체를 디렉팅하는 수준으로 올라갔고 촬영장에서 진두지휘도 하게 되었다. 물론 모든 디자인에 관련된 최종 컨펌도 내가 했다. 하다 보니 회사 홈페이지와 쇼핑몰 디자인 디렉터도 하게 되었다.

나는 그때 정말 일에 미쳐 있었다. 일이 정말 재밌었기에 가능했고, 그저 물건만 파는 일이 아니라 다양한 분야에서 나에게 도파민을 지속해서 뿌려주는 느낌이였다. 매출이 없는 날은 디자인 일에서, 디자인이 어려울 때는 매출에서 보람을 느끼고 만족도가 컸다.

내 가슴에 품고 있던 꿈이 이루어지는 느낌을 받았다. 처음에 언급했듯이 나의 꿈은 디자인뿐 아니라, 방송과 관련된 일을 하는 것도 꿈들 중 하나였다.

회사의 자사 브랜드가 성공하면서 나와 회사는 함께 성공 가도를 달리며 진정한 성공의 맛을 쉬지 않고 느끼는 때가 있었다. 당시 네이버에서는 라이브 방송으로 물건을 파는 형태의 포맷이 생겼고, 인스타그램 라이브에서도 브랜드 홍보에 열심이던 때였다.

우리 회사도 당연히 그 일에 대해 준비를 했다. 외부 업체나 외부와의 업무를 안 좋아했던 회사기도 했고 비용을 매우 아끼는 회사였기에 당연히 방송은 우리가 스스로 일궈나갔다. 처음엔 너무 허접하게 혼자 핸드폰을 들고 촬영하며 혼자 방송하며 설명했다. 새로 직원을 뽑을 때 영상물을 제작할 수 있고 마케팅에 도움을 줄 수 있는 직원을 뽑은 후에는 그 직원이 작업물을 만들고 거기서 쇼호스트는 내가 되었다. 당시 하고 싶은 마음도 있었지만, 쇼호스트 외모가 아니라 생각했기에 다른 직원이 하길 바랐지만 아무도 회사를 위해 얼굴을 팔고 싶어 하지 않았다.

그렇게 시작했다. 아무 거리낌 없이, 난 떨지 않고 방송을 했고 천직같이 느껴졌다. 대본도 필요 없었다. 어차피 내가 다 기획하고 참여해서 만든 제품들이라 그 누구보다 잘 설명할 수 있었다. 영업도 많이 해봐서, 술술술 신내림 받은 것처럼 읊어나갔다.

그렇게 아주 조금, 이전 내 꿈이 또 한 번 실현되는 순간이었던 것을 아주 나중에 기억했고 알게 되었다. 그 일 역시 내가 가장 좋아하며 일했던 업무였고, 난 회사에서 돈을 받으면서 그렇게 내 꿈들을 하나씩 이루었다.

회사는 나에게 그런 곳이었다. 나의 영향력이 어디까지인지 실험할 수 있는 안전한 무대.

5. 문제 해결을 위한 현실적인 노하우

비서처럼 일해라

앞서 얘기했듯이 나의 폼생폼사 동기부여로 인해 나는 회사에서 일어나는 전반적인 일을 하나도 모르지 않고 꼼꼼하고 까다롭게 일하는 사람이 되어 있었다. 그리고 사장님의 질문에 미리 대비해놓는 비서처럼 일하는 습관이 나를 퍼펙트맨으로 성장시켰다.

회의를 할 때 넓게, 그리고 디테일하게 보는 안목으로 나의 의견을 얘기하고 설득해서 납득시키는 능력이 생겼으며, 나는 팀장 그리고 부서장 후에는 이사로 진급, 진급, 진급을 하는 데 문제가 생기지 않았다. 나는 언제나 내가 습득하고 깨달은 바를 나의 후배들에게 알려주고 성장시켜주고 싶은 욕심이 있었다. 나와 같이한 시간들이 헛되지 않기를 바라는 마음이고, 녹록지 않은 세상에서 잘 살아나가길 바라는 마음도 있었다.

나는 새로운 직원이 들어오면 항상 초반 한 달 동안 테스트 시간을 갖는다. 나는 25년 전 코렐 회사를 다닐 때 접시 뒤에 새겨진 모델 번

호들을 아직도 외운다. 영업직원은 자기가 파는 상품에 대해서는 그 누구보다 잘 알아야 한다고 생각한다. 상품명, 사이즈, 일반가, 원가, 특가, 특징 등등. 그 제품을 파는 영업자가 그 제품에 대해서 잘 모르면 온라인에서 만드는 상품페이지에 마케팅을 넣을 수가 없고, 타 쇼핑몰에서 팔 때 엠디에게 어필할 수가 없으며, 엠디들은 수많은 상품들을 수많은 업체에게 받기 때문에 강하게 인식되지 않은 상품은 그냥 지나쳐버릴 수밖에 없기 때문이다.

나의 테스트는 두 가지인데, 그냥 무심코 지나가다가 제품명을 말하고 그 가격이나 정보에 대해 직원에게 시도 때도 없이 물어보는 것과, 내가 거래처 엠디가 되어 우리 회사 제품을 얼마만큼 진정성 있고 쉽게, 매력 있게 설명하는지 살펴보며 대화하는 것이다.

직원들은 정말 그 테스트를 싫어하지만, 솔직히 문제 내는 선생님은 문제 푸는 학생들보다는 꿀잼이다. 물론 너무 못하는 직원을 만나면 나도 스트레스를 받는다. 하지만 그 또한 내 일이다. 그들을 성장시키는 것.

상사들은 각자만의 특징이 있다. 특히 이전 회사의 사장님은 정말 질문이 많으시고 다양하게 물어보셨으며, 회사가 어려우면 어려운 대로, 회사가 잘되면 잘되는 대로 어려우면 왜 어려운지 이유를 찾아내 답해야 했고, 잘되면 다음 잘될 상품을 준비해야 해서 신상품 개발 아이디어를 말씀드려야 했다. 이전 회사에서는 성수기 비수기가 있었으나 이 회사에는 하루하루가 매일 바빠서 365일을 성수기처럼 일했다. 그러니 병이 날 만도 했다(내가 제일 못한 일이 건강관리다).

거의 나는 사장님의 비서처럼 일을 했다. 내 부서에 상관없이 회사의 모든 일을 꿰뚫고 있지 않으면 사장님과 대화가 되지 않았고, 사장님의 기분에 따라 회사의 분위기도 달라졌기에 사장님이 기분이 안 좋으신 날은 메시지로 지금 회사가 잘되고 있는 점 업계 순위표를 보내드려 기분을 좋게 만들어드렸다. 주말을 기쁘게 보내시라고 금요일 오후에 네이버 순위를 캡쳐해서 보내드리기도 했다. 회사를 운영하는 방법이라고 생각했다. 모두를 위한.

아무 말씀도 없는 상사도 있다. 어쩌면 일일이 빠짐없이 보고하고 알아서 내 일을 척척 잘했고, 제일 중요한 건 그 상사가 나를, 그리고 직원을 믿어주는 상사여서 그랬던 것 같다. 사실 업무 능률은 나를 믿어주는 상사 아래서 최고치를 찍는다. 나는 얼마나 직원들을 믿어주었던가. 새삼 고민되는 부분이다.

유능한 비서는 모든 일을 총괄적으로 아우르며 숲에서 나무를 보고 들어간다. 시간을 알맞게 짜서 나누고 효율적으로 일을 진행시킨다. 회장님의 수많은 업무와 스케줄이 어긋나지 않게 안팎으로 단속하며, 단 하나의 스케줄 실수로도 다수에게 피해를 줄 수 있는 게 비서의 일이기 때문이다.

예전의 한 기관에서(정확히는 기억이 안 난다) 여러 부류의 직업군 사람들을 모아두고 성냥, 나무 등 도구를 쥐어주고 짧은 시간 안에 건축물을 만들게 하는 실험을 했었다.

건축가, 저학년 어린이들, 비서, 영업직 등. 우승자는 건축가가 아닌 비서 팀이었다(오래전 일이라 디테일한 기억은 없지만 이 실험도 전체를 보는 비서의 눈을 보여주려는 실험이었던 걸로 기억한다).

비서처럼 일한다는 의미는 내 업무를 하면서 모든 주변 사람과 커뮤니케이션할 수 있으며, 시간을 효율적으로 쓰고 상사에게 인정받을 수 있는 자리이기 때문이다. 상사에게 인정받고 싶은 욕구가 있다면 비서처럼 일해보자. 상사의 사랑을 받는 것뿐만 아니라 자신이 어느 샌가 멀티 플레이어가 되어 있음을 느끼게 될 것이다.

문제 해결 능력을 위해선 선입견을 버려야 한다

일을 하다 보면 정말 많은 난관에 부딪힌다. 어쩜 그렇게 쉴 날 없이 문제가 발생을 하는지 종류도 매우 다양하며 난이도는 매번 상승한다. 이럴 때 경험이 많으면 문제 해결이 쉬워지는데, 처음 겪어보는 일이거나 처음 맡은 임무라면 걱정부터 앞서고, 무엇부터 해야 하는지 막막할 수밖에 없다.

소제목에서 선입견을 버리라고 한 이야기를 해보자. 선입견을 버리라고 하는 이야기는 다양한 관점에서 문제에 접근해야 한다는 것이다. 하지만 우리가 무슨 업무를 하든지 그 업무에 대해 오래전부터 정해진 룰과 선배들이 알려준 일들과 내 경험이 나도 모르게 선입견이 되어 늘 같은 방식으로 문제를 바라보게 된다. 이럴 때는 이렇게 접근해야지 하는 식이다. 하지만 이처럼 같은 방식의 접근은 늘 같은 해답을 줄 것이다. 마케팅에 관련된 이벤트나 갖가지 기획들도 매년, 매달 비슷할 수밖에 없다.

새로운 제품의 마케팅, 매출 하락의 원인 분석과 매출 상승을 위한 기획안. 이 두 가지를 놓고 실마리를 풀어보자.

나는 여기서 여러분이 늘 해왔듯 지금 생각하는 정도의 문제 해결 방식으로 문제를 풀려고 하면 전혀 창의적이지도 않으면서 좋은 결과물을 얻기 힘들다고 단언한다.

나는 늘 문제 해결의 방법을 색다르게 찾으려고 노력했다. 보통은 매출이 떨어지면 행사를 많이 잡아야지 하거나, 특별한 가격을 책정하여 한 번도 안 해본 가격으로 잠시의 위기를 이겨내보려 한다든가, 물류의 오래된 재고를 둘러보고, 원가 세일로 현금 유동성을 만든다. 경기가 안 좋아서 어떻게 해도 안 되니까 경비를 줄이고 마케팅비를 줄이면서 좋아질 때를 기다려보자든가, 바이럴 마케팅을 더 해볼까, 그러다가 해결이 안 되고 우울해진다. 그나마 이 정도를 하는 직원들은 그래도 기본은 하는 것이다.

내 과거의 경험에 비추어볼 때, 난 수시로(여기서 수시로가 중요하다. 문제가 생겼을 때 체크하면 이미 늦기 때문이다) 작년 이번 주 매출과 올해 이번 주 매출을 비교, 작년 오늘 매출과 올해 오늘 매출 비교, 제품별 월별 매출의 추세, 그리고 한 달 목표를 제품별로 정확히 정해놓고 일주일 및 보름 단위로 체크하고 내 목표에 미치지 못하면 반드시 그 상품에 대해 변화를 일으켜 꼭 그달 매출을 맞추었다.

이렇게 얘기를 들으면 '당연한 거 아니에요?'라고 생각하는 사람이 있을지 모르겠지만, 우리 회사에는 누구도 그렇게 일하는 사람이 없었고, 그저 엠디와 업체에 줄 상품리스트를 세우고 제안을 하고, 잘 팔리는지 확인을 하며, 신상품에 대한 준비 등 그냥 늘 주어진 플로우에 흐르듯 몸을 맡기며 일을 하는 스타일이었다.

따라서 나는 매출이 떨어지기도 전에 모든 준비를 했었고, 모든 상품의 흐름과 추세, 바깥세상의 트렌드에 안테나를 끈 적이 없었고 내가 영업부를 운영하는 동안 매출 하락은 단 한 번도 없었다.

매출이 떨어진 이후, 당연히 해야 할 일은 바로 내가 늘 평소에 해왔던 저 일들이다. 나는 수시로 거의 매일 했지만, 작년 한 달 매출, 하루 매출과 올해 한 달 매출, 하루 매출을 비교해야 하고, 사실은 더 폭넓게 작년과 올해의 매출을 월별로 비교해서 어느 시점에 어떤 이유로 매출이 떨어졌으며 그 상품이 무엇인지를 찾아내고 최대한 빠른 속도로 대체 상품을 개발해서 그 자리를 메꾸어야 한다.

그리고 만일 상품이 많은데 너무 몇 가지 인기 상품에만 집중해서 판매를 했다면, 이럴 때 그 상품들을 소비자에게 노출시켜보는 것도 해볼 일이다. 참고로 우리 회사에서 기대를 하고 만들었던 제품을 이전 직원들이 전혀 못 팔아 그냥 포기한 적이 있었는데, 새로 들어온 직원이 그 제품을 베스트셀러로 만든 걸 본 후, '아, 우리가 최선을 다하지 않았었구나'라는 또 새로운 배움을 얻은 적이 있다.

매출 하락의 문제를 겪으면 대부분 해답이 없다고 생각하는 게 대부분이다. 이건 경험의 습관적 사고다. 그런 시기에 매출을 상승시킨 경험이 있는 사람은 바로 전투태세를 갖출 것이고, 매출 하락 때마다 답을 못 찾고 그다음, 또 그다음 매출 하락을 경험한 사람은 매출 하락은 경기의 탓이고 이건 어느 누구도 구출할 수 없는 상황에 놓였다고 생각할 것이다.

최근 진정한 경제 위기를 느끼고 있다. 나는 완구 회사, 유아용품 회사에서 오래 일했는데 매년 기존 완구계에서 날렸던 업체들이 축소되고 없어지는 모습을 보아왔고, 그때도 우리 회사는 건재했었다. 오히려 작년 매출보다 더 상승하는 곡선을 그리며 물 들어올 때니 노를 열심히 젓자고 했다. 코로나를 겪고, 대출 이자가 올라가고, 중국 시장이 완전히 죽고, 기상이변에 매번 비 피해로 집들이 물에 잠기고 심각한 경기 침체가 오기 전까지는 말이다.

얼마 전 그나마 건재했던 한립토이즈 대표님이 텔레비전 시사 프로그램에 나온 걸 봤다. 한립토이즈는 직접 고객에게 파는 오래된 인기 상품도 있지만 유치원으로 직접 들어가는 제품도 많아서 비교적 안전하게 운영되던 회사이다. 직원이 반의 반으로 줄었으며, 앞으로도 희망보단 절망에 가까운 멘트를 하셨다. 소매 고객도 많았지만 유치원 등에서 고정적인 매출을 일으켰던 오래된 이 업체도 출산율 저조로 인한 매출 감소는 막을 수 없었던 모양이다.

지금 많은 유아 회사들은 강아지 고양이 용품으로 갈아탔다. 이전 나의 회사도 뒤늦게 애견 용품에 합류했고, 정말 그렇게 안 했다면 생각하고 싶지도 않은 절망적인 길을 갔을 것이다.

남들이 다 하는 제품을 선택하면서도 그중 우리의 주특기인 상품에 몰입했고, 그 카테고리에서 1위를 하며 한시름 놓나 했지만 매출 하락은 계속 이어지고 있다. 난 이제 그곳을 떠나고 없지만, 아쉬운 점은 아직도 그전 습관 그대로 하고 있다는 점이다. 시장을 베트남 쪽으로 옮기려는 사장님의 시도는 매우 좋다고 생각한다. 회사를 다닐 때 베트남 시장을 많이 알아보고 보고서도 드린 적이 있다. 다만 베트남 시장은 국내에서 운영이 어려워 무조건 베트남에 가야만 했었는데, 그렇게 하려고 시도하는 모양이다. 잘되기를 바라는 마음이다. 여기에 트렌드를 읽고 소비자의 마음을 꿰뚫어보는 안을 더해준다면 분명히 승산이 있을 텐데, 내가 아는 것은 여기까지다.

다양한 관점을 가져서 위기를 극복하기 위해선 역시 책을 많이 읽어야 한다는 말로 귀결이 된다. 보통 영업을 하는 사람들은 시장을 빨리 읽기 위해서 분야 사람들과 많은 소통을 한다. 하지만 내가 20년간 해본 결과, 시장을 읽는 일은 그렇게 많은 대화가 필요치 않다. 그리고 이야기는 돌고 돈다. 그 시간에 차라리 많은 인문학 책과 그동안의 성공과 실패를 담은 책을 많이 읽으며, 실패는 어떻게 다가오며 성공은 어떤 기회에 오는지, 그렇게 될 때 그 주인공들은 어떤 준비를 하고 있었는지 등 유통의 역사 공부를 하는 것을 권한다.

새로운 아이템과 새로운 마케팅을 위해 창의력을 키울 수 있는 책들을 접해야 한다. 이 책의 중후반에는 이와 관련된 이야기가 주를 이룰 것이다. 동기부여와 창의력, 이 두 가지가 얼마나 중요한지 필자는 다양한 방식으로 언급할 예정이다.

자, 같은 방식으로 문제를 해결하지 않고 다양한 관점을 갖기 위해 어떻게 해야 하는지 계속 이 책을 읽어보자.

설득 vs 납득
- 왜 나의 기획안은 실현될 수 없는가

나의 아이디어들은 회사에서 상품으로 실현된 것들이 많다, 그렇게 되면 성과로 이어지는 경우가 많고 그에 따른 직급과 급여도 따라온다. 처음부터 그랬던 것은 아니다. 그리고 처음부터 괜한 일을 만들지 않고, 시키는 일만 하는 직원들도 많다.

나의 직무는 영업이었다. 영업직은 상품에 따라서 성과가 다르게 온다. 잘 만들어진 상품을 받으면 매출 올리기가 수월할 것이고, 그 반대라면 죽어라 별짓을 다해도 결과가 좋지 않다. 그것이 나에게 상품 개발 제안을 하게 하는 동기부여였다.

아무리 열심히 일하고 싶어도 요즘처럼 SNS가 활성화된 시대에는 상품의 평가가 바이럴 마케팅으로 모든 것이 좌우된다고 해도 과언이 아니다. 방 안에 앉아서 세계의 좋은 상품을 모두 비교할 수 있고 전 세계 곳곳을 볼 수 있으며, 멋진 인테리어, 제품 매니아가 설명해주는 간편한 설명들(유튜브, 인스타그램)은 안 좋은 상품에는 눈도 돌릴 수 없는, 그리고 진짜 별로인 상품은 이미 혹평을 받아 팔기 힘든 시대이기 때문이다.

내가 기획팀과 개발팀에서 주는 상품을 팔기 힘들다고 생각했을 때, 움직여야 하는 사람은 나 자신이었다. 내 영업 성과를 높이려면 잘 팔리는 상품을 내가 찾아야겠다고 생각했다. 제안은 그렇게 시작됐다.

처음에는 설득력이 매우 부족했다. 아니, 내가 제안한 상품들이 매우 일차원적이었다. 왜 필요한지도 적었고, 어떻게 생겨야하는지 그림까지 그렸지만 이게 정말 다였을까? 매우 초보적이었던 나의 초반 제안들은 나의 진득진득한 미련들을 가지고 버려지지도 못하고 내 책장에 오랫동안 꽂혀 있어야만 했다.

나는 나의 상상력이 매우 부족하다고 생각했고, 창의력을 발휘해서 지금까지 없었지만 소비자들이 꼭 필요로 하는 상품들을 찾고 싶었다. 기존에 파는 비슷한 상품, 그것보다 조금 더 잘 만든 상품으로는 크게 승부를 낼 수 없다고 생각했다. 선배들의 아이디어가 필요했다. 그것도 누구나 알 만한 제품을 만든 유능한 선배들, 그 유능한 선배들을 만나려면 그들의 책을 읽는 방법밖에 없었다. 직접 만날 수가 없지 않은가. 더더욱 그들 중에는 이미 이 세상 분이 아닌 분들도 계시니 말이다.

그때부터 시작된 것 같다. 나의 책 사랑. 나의 창의력을 내 뇌에서 모두 끌어내고, 짜내고, 활성화시키는 작업에 몰두했다.

하다못해 오른손잡이인 나는 왼손으로 마우스를 컨트롤했다. 처음엔 마비 걸린 사람처럼 왼손이 내 머리를 못 따라주어 매우 답답했으나 지금은 오른손과 똑같이 왼손을 쓸 수 있다.

서점에서 내 기준에서 창의력이 가장 높고, 마케팅을 잘하며, 고객을 한 방에 설득시킬 수 있는 인물이라고 생각되는, 광고업계에서 가장 유명하다는 사람들의 책을 사서 읽기 시작했다. 디자이너의 성공기와 디자이너들이 어디서 영감을 얻는지 알기 위해 에세이집도 사들였다.

처음엔 욕심 없이 읽고 또 읽었다. 내 안에 쌓이면 분명 언젠가 포텐셜을 발휘하리라. 매일같이 핀터레스트나 인스타그램에 새로 떠오르는 상품 관련 레퍼런스를 보는 것도 게을리하지 않았다.

컬러에 대한 감각과, 고가에 팔리며 내 손이 닿지 않는 그 어딘가의 디자인을 보기 위해 전시장, 편집샵, 백화점의 고가 매장에도 가서 눈으로 보고 손으로 만지며 그렇게 내 카메라 속에 레퍼런스는 차고 넘쳤다(이 부분의 내용은 뒤에 『훔쳐라 아티스트처럼』 책 추천에서 더 보완하였다).

언제부터였는지 정확히 기억은 안 난다. 상품을 보는 눈이 달라지고, 뭐랄까, 어느 순간 내가 속해 있는 유아 업계에서 파는 모든 상품들이 굉장히 저렴해 보이고 부족해 보이는 순간이 왔던 때가 있다. 아, 그리고 조금 전에 내가 얘기했던 창의력을 얻으려고 노력했던 작업들은 내가 많이 디벨롭된 후에도 쭉 계속되었다. 그 노력과 행동들은 거의 나의 습관처럼 자리 잡았다. 내가 일을 하는 데 있어 꼭 필요한 기본적 학습이었다.

지금 판매하는 상품들이 별로로 보이니 어떻게 제품을 만들어야 하고, 이런 제품이 있어야 갖고 싶어 할 것 같고, 고객들에게 팔 수 있겠다는 의견들과 생각들이 머리에 계속 끊임없이 들어앉았다.

그리고 작게 하나씩 제안을 하기 시작했다. 레퍼런스와 함께, 왜 필요하며, 이것이 어떻게 어떤 위치에 놓였을 때 영향력을 발휘하며, 인스타그램 감성과 인테리어에 관심 있는 엄마들이 촌스러운 아이 용품들 때문에 얼마나 스트레스를 받을 것인지, 그들에게 우리가 만들어줘야 하는 이유와 타당성으로 설득했고 사장님이 드디어 내 의견마다 납득하는 시기가 오고야 말았다.

내 의견은 하나같이 적중했고, 어느 순간부터 사장님은 새로 나오는 모든 제품에 대한 최종 의견을 나에게 물어보셨고, 내가 퇴사할 때는 상품 개발에 특화된 사람이 되어 있었다.

내가 회사에서 제안을 하고 이렇게 상품과 성과로 실현시키기까지 노력한 것은 작은 노력이 아니었다. 시간이 그렇게 오래 걸리지는 않았지만 나는 굉장히 집중해 있었고, 집중력과 열정은 빠른 시간 안에 나를 변화시켰다.

소제목에서 제시한 설득과 납득에 대해서 이제서야 말해보겠다. 나는 왜 다른 직원들이 사장님을 설득시키지 못하는지에 대한 의문이 있었다. 이 의문은 곧 풀렸지만. 나도 같이 PPT를 봤지만, 나보다 훨씬 잘 만든 내용물과 멋진 PPT였지만 실현 가능성이 매우 떨어졌고, 바로 할 수 없는 일들이 많았다. 내용이 나쁜 건 아닌데 이상하게 '바로 진행해'라는 말이 떨어지지 않고, 한숨이 나왔다. 이걸 진행시키려면 많은 시간과 직원이 필요할 텐데. 시스템도 변경해야 할 것 같은데 그 결과물이 제대로 안 된다면. 고개를 갸웃거리게 하고 많은 고민이 필요한 기획안이었다.

기획안까지 만든 정성은 그나마 나았다. 해외에서 인기 있는 상품들을 마구잡이로 카톡으로 보내 이거 어때요, 저거 어때요 하고 물어보는데 나도 그랬지만 나는 적어도 그 제품에 대한 시장 상황을 완벽히 파악한 후에 제안했다. 그렇지만 기획팀 친구들은 상품 진행 여부를 정해야 하는 나에게 시장 조사도 하지 않은 채, 아니 조금 조급하고 미흡한 시장 조사를 마치고 상품을 제안하기에 급급했다. 일을 하는 걸 보여주고 싶었겠지, 성과가 안 나니 조급하겠지 싶었고, 그중에 하나 잘 걸리면 히트 친다 생각했겠지. 다 이해하는데, 그렇게 해서 된다면 이 세상 누구나 다 돈 벌 수 있을 것이다. 자기들이 올리는 제안마다 최 이사가 거절해서 사기가 저하됐다는 얘기를 돌고 돌아 듣고 몇 번이나 자세하게 방법을 알려주었지만 크게 나아지지는 않았다. 끈기 없이 포기하고 다른 곳으로 이직하는 친구들도 있었다. 사실 기업에서 상품 하나 히트 치는 게 얼마나 어려운 일인지, 사실 그게 다인데 너무 쉽게 생각한 것 같다. 아, 쓰다 보니 완전 꼰대 말투가 되어 있는 나를 발견했다. 다시 조금 정리해보자.

상품에 대한 제안도 마찬가지였다. 내가 초반에 내놓은 기획안보다 더 실현 가능성이 없거나 잘못 판단해서 가져온 제품들이 대부분이었다. 내가 초반에 하던 실수를 하는 것이다. 내가 제안하는 것들이 쉽게 보였을 거다. 그동안 얼마나 많은 시행착오를 겪고 거절을 당했는지를 모른 채 조급한 기획안과 제안서를 올렸다. 아마 그들도 그랬던 것처럼 이 좋은 기획안이 왜 통과가 되지 못하는지는 몇 년 후에나 알게 될 것이다. 대표님과 사장님이 금액을 투자하게 사인을 받는 것은 정말 어려운 것이다. 그리고 그 사인이 떨어진 후에는 더 많은 힘든 과정이 물건이 제작되고 판매되기 시작한 후에도 계속 이어진다. 그런 경험을 겪어봐야 좀 더 완벽한 제안을 할 수 있고, 좀 더 포괄적으로 시장 상황과 트렌드를 이해해야 사장님 사인을 넘어 고객들까지 납득시킬 수 있다는 것은 당신이 지금 하는 일만으로는 터득하기 어려운 것임을, 더 노력해야 함을 이해해야 한다. 안 그러면 아마 당신은 상부를 원망하며 소주 한잔밖에 할 수 없을 것이다.

모두 나와 같은 노력을 하라는 건 아니다. 작은 일부터 제안하는 걸 시도해보려면 모든 회사에서 진행되는 제품들에 관심을 가져야 하고, 그게 완성되는 하나라도 좋은 의견이 보태진다면 더 완벽한 상품이 출시될 수 있고, 그 의견은 시작에서도 중간 과정에서도 출시되기 직전에도 누군가가 놓친 부분을 보완할 수 있다면 큰 공이 된다.

처음에는 귀찮아하거나, 네가 뭘 아는데 왜 참견이야 할 것이다. 나도 그런 취급을 받았었다. 그래도 생각을 얹어보자. 말 못하면 내 머리속에라도 그려보자.

그리고 결과물이 나왔을 때 시장에서 받는 평을 보며 내 생각이 얹어졌을 때 더 잘됐을 것인지 아닌지 자체 평가를 해보자. 그렇게 맘속에 자신감을 쌓아가다가 어느 정도 확신이 들었을 때 칼을 빼들어보자.

처음부터 되는 일은 없고, 성공하는 길은 그렇게 만만치가 않다. 늘 어디에나 쓰이는 명언이 있지 않는가. 하지 않으면 아무 일도 일어나지 않는다.

어느 날 당신은 설득력에서 조금 나아가 상대를 납득시킬 수 있는 완전판이 되어 있을지도 모른다.

고객관리, 어디까지 해봤니

회사에서 내 업무는 고객관리는 아니었다. 하지만 나는 브랜드를 튼튼하게 세우는 데 있어, 가장 후방에 있다고 생각될 수 도 있지만 고객센터가 가장 최전방의 일을 맡고 있다고 생각한다. 아무리 멋있게 겉을 꾸며도 진정한 마음으로 우리의 물건을 선택해준 고객들이 물건에 만족하고 바이럴 마케팅을 할 수 있다면, 그리고 또 재구매로 이어지고 신임이 생겨서 '찐 팬'이 된다면 그것만큼 가장 적은 돈으로 할 수 있는 마케팅과 홍보는 없을 것이다. 우리가 아무 의심 없이 애정하는 브랜드의 물건을 검색 없이 사는 것처럼 말이다.

고객관리는 우리에게 이미 관심을 가지고 있는 고객이 우리 물건을 사기 위해 질문하는 창구이고, 이미 물건을 산 고객이 컴플레인 혹은 AS를 하는 창구이다. 고객관리는 직접 통화로도 하고 지금은 네이버

톡톡 혹은 카카오톡 인스타그램 디엠, 댓글, 사이트 Q&A 등 소통 창구가 매우 많다. 그리고 판매된 상품의 고객 리뷰도 절대 빠트려서는 안 된다.

일반적으로 여러분이 알고 있는 고객 서비스는 여기서는 그냥 넘어가겠다. 내가 한 고객관리 예시 중 좀 극단적인 몇 가지 예시를 들어보겠다.

나는 고객관리팀에 미리 얘기를 해놨었다. 정말 해결하기 어려운 고객이나 문제가 있으면 언제나 나에게 문의하기를, 아무래도 늘 그 일을 하는 사람이 잘할 거라 믿지만, 매일 어려운 전화로 고객을 응대해야 하는 직업이라 매너리즘에 빠질 수도 있고, 그날의 컨디션에 따라 실수를 하기도 한다. 그럴 때 별일 아닌 일로 고객이 화가 나기도 하고, 정말 말도 안 되는 고객들의 불평을 들어주어야 할 때는 차라리 그 일을 하지 않는 내가 신선한 마음으로 대하는 게 낫다고 생각했다. 나는 이 일이 내 주 업무가 아니라 덜 화가 난다고 할까?

그리고 그 부서에는 부서장이 있으나 그 부서장은 오히려 고객의 화를 돋우기도 했다. 모든 일에는 천직이 있기 마련이다. 영업부가 천직이라고 생각했던 나는 고객의 이야기에 귀를 기울여주는 것도 천직 같았다.

어느 날은 고객이 자꾸 우리가 판매하는 플라스틱 제품 겉에서 모래가 계속 만져진다는 내용의 보고를 받았고 직원들은 다른 업무도 쌓여 있고 전화는 계속 오는데 그 고객 덕분에 일을 못 할 지경에 이

르렀고 스트레스가 최고치에 오른 상태였다. 그 고객의 전화번호를 달라고 했고, 내가 직접 전화를 걸었다.

남자 고객이었고 아마도 30~40대였으리라. 우리 제품이 베이비 제품이라 아빠였을 것이고, 아이를 위해 베이비룸을 샀는데 이상하게 표면에서 계속 모래가 만져진다, 모래라기보다는 더 가는 분 같은 느낌이 계속 나오고 느껴진다. 왜 이러는가? 이게 이 고객의 질문이었다.

참고로 우리 제품은 PE라는 제품으로, 블로우라는 공법으로 만들어지는데 절대 표면에서 그런 게 만져질 수가 없는 제품이다. 제품 특성상, 그리고 수백만 개를 넘게 팔았고, 나도 옆에서 이 제품을 끼고 살지만 한 번도 느껴본 적이 없다.

하지만 나는 고객님의 목소리를 듣고, 이 고객이 진심으로 느낀다고 생각했다. 그럴 수 있다는 생각이 들었다. 너무 예민하거나, 표면이 무광에 부드러운 느낌이라 어쩌면 그런 느낌이 들 수도 있겠다고 생각이 들었다. 블랙 컨슈머라고 하기에는 고객 목소리가 진심으로 진지했다. 고민 섞인 목소리였다. '쓰고 싶은데, 이거 불량이에요?'라는 진심의 의문이 담긴.

나는 고객께는 죄송하지만 다른 바쁜 업무를 하면서 한 시간 넘게 고객의 통화를 진지하게 들었고, 그런 일은 단 한 번도 없었고 그런 일이 생길 수가 없는 제품이긴 하지만, 고객님이 느끼셨다면 저도 한번 몇 가지 제품을 샘플로 받아 오랫동안 만져보겠다고 답변했다. 고객님이 느끼셨다면 이제까지 그런 일이 없었어도 처음으로 발생했을 수도 있을 것 같다고 답변했다. 하지만 지금 나는 못 느끼니, 얼마간 노력해보겠다고 말씀드렸고, 일단 그 제품은 새 제품으로 교환해드리고(이 고객은 이미 한 번 교환받은 상태였다) 혹시 문제가 있으시면 나의 개인 전화로 언제나 전화 달라고 말씀드렸다. 고객은 이야기를 들어주어 매우 감사하다고 하며, 제품 교환을 한 번 더 받고 전화를 하겠다고 했고, 그 이후로 고객에게는 전화가 오지 않았다.

다른 예시를 들려드리겠다. 이번엔 진짜 심각한 문제가 발생했다. 우리 회사에서 나오는 제품은 거의 블로우 기술로 만들어지는데, 이 블로우 제품들은 겉의 표면강도는 재료를 넣는 양에 따라 무게를 정할 수 있고 속은 텅 비어 있는 상태이다. 여러분이 이해하기 편하게, 길가에 서 있는 주차금지 푯말, 혹은 바다에 떠있는 부표, 병원 침대 등을 예상하시면 된다. 플라스틱 중 가장 안전해서 베이비 제품에 쓸 수 있는 좋은 공법이다. 베이비룸은 제품끼리 쭉 연결해서 자기가 원하는 크기로 울타리를 설정해서 집 안 원하는 위치에 설치하여 아이들을 위험한 곳으로부터 지켜주는 제품인데, 그 당시에는 연결하는 부분에 구멍이 뚫려 있었다. 튀어나온 수, 들어간 암의 암수를 서로 연결해서 체결을 하도록 제작되었다.

그런데 문제가 발생했다. 제작하면서 갈려나간 제품들이 그 구멍에 들어갔다가 집에서 제품을 뺐다 끼웠다 하면서 가루가 바닥에 떨어졌고, 조금 날카롭게 생긴 플라스틱 조각을 아이가 삼키는 일이 생긴 것이다. 누구도 예상치 못했고, 후발 주자였던 우리는 디자인과 컬러는 바꿨지만 체결 방식은 오래된 공법 그대로 제작했고, 그게 문제가 될 거란 사실을 인지 못 한 상태였다.

블로그나 후기를 보니 한 번 생긴 일은 아니었다. 그렇다고 수백만 개를 판 제품에서 두세 건 나왔다고 그냥 지나칠 일은 아니었다.

나랑 통화하게 된 고객은 화가 엄청 나 있었다. 나 같아도 화가 났을 것 같다. 나는 고객께 솔직하게 말씀드렸다. 그리고, 상품을 쓰신다고 하시면 쓰실 때 주의점을 말씀드렸고 안 쓰시면 반품을 해드리겠다고 했다. 추가적으로 회사 개발팀에게 가장 빠른 시간 내에 팔고 있는 제품 전부를 안전하게 팔 수 있는 방법을 문의했고, 고객에게 고객님뿐만 아니라 이 제품을 계속 써야 하는 모든 고객들이 안전하게 사용할 수 있는 방법을 찾아 며칠 내로 전화를 드리겠다고 약속을 했다. 그리고, 추가적인 부품 생산을 해야 하고 금형까지 새로 파야 했지만 그래도 좋은 의견이 바로 나왔고, 고객에게 전화를 드려 이 수정 작업을 하면 되는데 아무리 빨리 해도 최소 한 달에서 두 달이 걸리며, 지속해서 개발 상황에 대해 전화를 드리겠다고 말씀드렸다. 나는 그렇게 두 명의 고객에게 몇 달간 회사 진행 상황을 알렸고, 이 일은 유일하게 안전한 방법으로 상품을 디벨롭한 우리의 매출을 더욱 상승시켰다. 고객은 본인으로 인해 다른 아이들도 안전하게 된 부분에 대해 감사하고 보람 있어 하셨으며, 고객의 컴플레인을 바로 받아들여 상품을 수정한 브랜드를 칭찬해주셨다. 그렇게 고객관리 통화는 종료되었다. 오래전부터 있었지만 지나칠 수 있었던 일을, 오히려 매출 상승과 브랜드 이미지를 좋게 만드는 일로 바꿀 수 있었던 예시다.

마지막으로 좀 다른 예시를 들어보겠다. 내가 하는 업무는 정말 많지만, 그중에서 내가 가장 중요하게 생각하는 업무는 고객 후기를 보는 일이다. 생각보다 고객 후기를 자세하게 들여다보고 체크하는 일을 뒤로 밀어놓는 경우나 아예 안 하는 회사가 꽤 많다. 우리 회사만 해도 해야 할 일도 바쁜데 그걸 해야 한다고 생각하는 개발팀이나 영업팀 직원은 없었던 것 같다. 물론 그 일에 대한 중요성을 입에 달고 살았던 나 때문에 많이 바뀌긴 했지만 말이다. 그것은 고객관리팀 일이고, 문제가 되어 올라오는 후기만 체크하는 정도였다. 그전에는.

　나는 고객 후기가, 잘 팔리는 제품이든 잘 안 팔리는 제품이든 제품 디벨롭을 할 때나 다음 제품을 개발할 때 가장 필요한 레퍼런스며 소스라고 생각한다. 그 제품이 좋은지 안 좋은지 직접 써본 고객이 하는 말이니 너무 당연하다고 생각한다. 직접 일일이 찾아가 요청을 드려야 할 일을 쉽게 인터넷 글로 볼 수 있으니 후속 제품 개발에 이보다 더 좋은 조언이 있을까.

　어느 하루는 우리가 OEM으로 팔고 있는 놀이 블럭의 후기를 보고 있었다. 고객은 이런 후기를 달았다. '우리 아이는 이 제품에 대해 너무 흥미가 없다. 하나도 안 갖고 놀아서 돈이 아깝다.' 이런 후기였다. '같이 놀아주고 싶어도 본인도 블록을 잘 못해서 설명서를 보고 만들어주고 싶은데 설명서가 빈약하다.' 이런 말씀도 추가하셨다.

　나는 고객관리팀에 연락해 그 고객님의 연락처를 물어봤다. 후기라서 아이디로 남긴 거라 고객을 찾기가 어려웠다. 댓글을 남겼다. 난 누구누구인데, 꼭 연락을 주셨으면 좋겠다. 도움을 드리고 싶다. 얼마

후 고객관리팀에 그분이 연락을 주셨고, 나는 통화를 할 수 있었다.

일단 제품을 기쁜 마음으로 사셨을 텐데, 실망을 드려 죄송하다고 사과의 말씀을 드리고, 나의 경험을 섞어서 가지고 노는 방법과 왜 아이가 안 가지고 노는지에 대해 설명을 드렸다.

대부분 엄마들은 제품을 살 때 원래 아이가 가지고 노는 나이보다 조금 더 빨리 사곤 한다. 나도 그랬다. 우리 집도 블록을 많이 샀는데 너무 관심을 안 가지고, 좀 놀다 뒤도 안 돌아보기에 나도 그렇게 생각했었다. '너무 아깝다. 우리 아이는 블록에 관심 없는 아이구나'라고도 생각했다.

근데 그렇지 않았다. 아이마다 성장 속도가 다르듯이 관심을 가지는 시기도 다 다르다. 블록 장난감은 정말 거의 모든 아이들이 제일 좋아하는 장난감이며, 우리 아이는 몇 년이 흐른 후 내가 구석에 박아놓았던 블록 장난감을 어느 날 꺼내 놀기 시작하더니 초등학교 4학년인 지금도 게임기를 제외하고 유일하게 가지고 놀며 제일 좋아하는 장난감이 블록 놀이이다. 그 덕에 추가 블록을 계속 사줘야 하는 난감한 상황이 벌어지고 있기는 하지만, 핸드폰만 보고 게임만 하는 것보다는 낫다고 생각해 그나마 블록에는 투자를 해주고 있다.

또 우리가 설명서를 간략하게 만드는 이유는, 레고 블럭처럼 특정 제품을 설명에 따라 만들게 되어 있는 상품들은 초등학교 이후부터 가지고 놀 수 있는 제품이고, 우리가 파는 대블럭(레고는 소블럭이다. 크기에 따라 그렇게 불린다)은 어린아이들이 좀 더 자유롭게 상상하는 대로 만들어 가지고 노는 제품이기에 설명서에 만드는 방법이 따로 적혀 있지 않다. 아이들은 설명서 없이 얼마든지 상상하는 동물들, 차들, 집들을 만들 수 있고 그것은 그 나이 때만 가능하다. 그것이 훨씬 아이들이 재밌게 놀 수 있는 방법이며, 상상력과 창의력을 발달시킬 수 있다.

이런 경험을 먼저 한 선배 엄마였던 나는 이런 부분들을 최대한 친절하게 고객님께 알려드렸다. 지금 안 가지고 놀 수 있어요. 우리 아이도 그랬는데요, 블록은 정말 아이에게 최고의 장난감이며, 어머니가 블록을 못 하시는 건 당연한 일이라고, 나도 그랬다고, 어느 날 아이는 그럴싸해 보이는 사자, 우스꽝스럽지만 아이의 상상력이 담긴 블록을 만들어 엄마에게 자랑할 것이다. 걱정 안 하셔도 되고, 설명서의 경우 우리의 의도는 이렇게 만들었지만 그래도, 혹시 고객님과 같은 생각을 가지신 초보 엄마들이 대부분이니 조금 업그레이드를 해서 예시로 만들 수 있는 쉬운 그림들을 넣어보겠다고 약속드렸고, 난 그 약속을 지켰으며, 그 고객님은 그저 남긴 후기 하나에 이렇게 전화를 주어 자세한 설명을 해주는 브랜드의 마음에 크게 감동하셨다는 말씀을 몇 번이나 하셨다.

상품에 대한 무기가 하나도 없던 시절, 쇼핑몰 매출을 올려야 했던, 이전에 다녔던 회사에서 배운 필승법이다. 유기농 회사를 다니던 시절, 매출이 전혀 없던 쇼핑몰을 에누리 검색 유기농 쇼핑몰 1위로 만들었던 방법도, 애프터서비스에 비포서비스까지(필수로 매번 구매해야 하는 생활 식품이기에 가능했을 수도 있다. 지금으로 말하면 구독 서비스 같은 서비스를 해드린 적이 있다) 해서 고객님의 마음을 잡았던 경험이 몸에 배어 있었을지도 모르겠다.

고객관리는 브랜드를 가진 회사라면, 아니 내가 회사를 운영하고 있다면 가장 신임을 줄 수 있는 가장 쉬운 방법이다. 그리고 나를 선택해준 고객을 위해서 꼭 해야 하는 일이다.

전화 포비아 극복법

요즘 친구들이 문제라고? 아니, 원래 있었다. 나도 무서웠다. 전화 포비아의 실체를 알아보자.

정작 MZ는 안 쓴다는 MZ세대라는 용어, 이런 용어는 내가 10대 때부터 쭈욱 나오던 말이다. 나라가 빠르게 발전하면서 세대 간의 격차가 커지면서 생겨난 말 같다.

이해하기 힘든 어린 친구들을 가리켜 신세대, X세대, 오렌지족, 밀레니엄세대 등등 그리고 그들을 규정짓는 설명들. MZ세대들은 이러이러한 특성을 가지고 있다, 오히려 반대쪽을 가리켜 꼰대라고 부르기도 하고 꼰대들의 특징도 열거한다. 본 게 다르고 배운 게 다르고 다른 문화를 보고 자랐으니 다른 건 너무 당연한 것, 그것으로 세대를 구분하는 것은 어떻게 보면 서로 이해해보자는 의도니 좋은 점도 있고, 반대로 너무 상대를 특정한 방향으로 몰아가는 단점도 보인다.

그런 특징 중 하나로 생겨난 말이 전화 포비아이다. 할 말이 있더라도 전화로 하는 것을 두려워한다는 것이다. 실제로(이건 나도 한 번 겪어보았다) 회사에 신입사원이 들어왔는데, 전화를 받지 못해 겪는 일들이 드러나 문제가 된 적이 있다. 받는 것도 두려워하고, 거래처에 전화를 거는 것도 두려워해 업무에 지장을 준다는 것이다.

SNS 발달로 카톡이나 SNS로 소통하는 것이 편해진 세대에게 충분히 일어날 수 있는 일이기는 하나 사실 옛날 사람으로선 걱정이 되는 면이 한편으로 있긴 하다. 밖에서 얼굴을 마주 보며 대화하고 즐기는 것이 얼마나 행복하고 인간적인 일인가. 그런데 한편으로는 전화 포비아 현상은 오래전부터 있었던 일이다. 그리고 실제로 밖에서 사람을 만나지 않고 게임이나 SNS로 사람을 만나는 것은 젊은 세대에만 국한된 일도 아닌 현실이다.

자, 세대를 구별 짓지 말고 전화 포비아 극복 이야기를 풀어나가보자. 일단 전화를 거는 것을 두려워하는 것은 어제오늘 일이 아니다. 10년 전에도, 20년 전에도 내 주변에 전화를 못 걸어 고민하는 직원들을 본 적이 많다.

특히 물건을 제작하여 판매하는 을인 우리 입장상 대기업인 지에스, 지마켓, 쿠팡 등등 갑에게 전화를 걸 때는 특히 더 주눅이 들 수밖에 없다. ENFP이며(간혹 상황에 따라 자주 바뀌는 MBTI이지만) 세상밝아 보이고 용기 있어 보이는 나도, 사실은 속으로 엄청 걱정하고 겁이 나며, 전화를 걸 때마다 속으로 몇 번이고 할 말을 연습한다는 것은 아마 아무도 몰랐을 것이다.

특히 좋은 구좌를 요청해야 할 때, 미팅을 잡아야 할 때, 신상품이 나와서 소개를 해야 할 때는 더 어렵다. 이런 날도 있었다. 최악의 상황이었는데, 장난감을 팔던 우리 회사가 최고의 시즌인 크리스마스 때 잘 팔리지 않는 제품을 엄청 가격을 내려 지마켓 엠디에게 좋은 자리에 노출시켜주기를 요청했고, 평소 우리 회사 매출이 좋았고 서로 친하기도 했기에 크리스마스 때 노출이 되어 나갔는데 1,000개가 팔려도 모자랄 판에 1개가 팔린 것이다. 난 도저히 전화할 용기가 생기지 않았고, 한동안 서로 연락을 안 했던 기억이 난다.

나중엔 우리 브랜드를 팔았지만, 유명 완구의 물건을 가져다 쇼핑몰에 파는 밴더 입장이었던 우리는 매입처에도 을, 판매처에도 을이었다. 왜 그랬는지 모르겠다. 아니, 잘나가는 매입처에는 을, 잘나가는 판매처에만 을이었던 것 같다. 이 세계는 돈으로 갑을이 정해지니 어쩔 수 없다.

부탁을 하기 위해 전화를 하거나, 영업상 그저 일상적으로 안부 인사를 할 때도 전화 버튼이 잘 안 눌러졌다. 전화기를 들었다 놨다를 몇 번 해야 걸 수 있었다. 거래처 직원 중 성격이 안 좋은 인물에게 전화할 때는 더욱 그랬다. 나는 그래서 직원들 교육시킬 때 절대 갑질하지 말고 좋은 회사건 안 좋은 회사건 한결같이 대하라고 얘기해준다. 그 회사들도 우리 회사에 전화할 때 얼마나 망설였을까?

나는 그래도 어느 순간부터 그것을 극복했다. 어느 순간이라기보다는 꽤나 경력이 쌓인 후 어차피 피할 수 없는 전화라면 빨리 끝내고 보자고 생각하고, 그곳이 거래처건 국세청이건, 두 번 생각하지 않고 할 말을 정리한 후 빠르게 전화 버튼을 눌러버린다. 고민하는 것보다 그 편이 훨씬 쉽다. 마치 번지점프대에서 바로 뛰어내리지 못하고 몇 번을 망설이고 아래를 보다가 포기하는 것과 같은 마음이다. 번지점프를 하려면 아래를 보면 실패할 확률이 높다. 결심했으면 바로 그냥 뛰어내려야 성공률이 높다. 난 시도도 안 해봤지만 그럴 것 같다.

내가 전전 회사에서 일을 너무 잘했던 디자이너이자 친한 동생이 생각나서 전 회사에 스카우트를 한 적이 있다. 회사 쇼핑몰을 운영하고 있었는데, 뭐든 열심히 하고 디자인 실력이 뛰어난 그 친구가 필요했다. 그 친구는 정말 일을 잘했는데 딱 한 가지, 전화하는 것을 두려워했다. 그래서 내가 상사였지만 전화 관련한 일은 그냥 내가 다 해주었다. 그러다 내가 육아휴직에 들어가면서 쇼핑몰 업무에서 갑자기 해외 수출입 업무를 맡게 되었는데, 육아휴직을 다녀와서 나는 그 친구를 보고 정말 놀랐다. 개미 목소리 같았고 겁을 내던 그 친구는 사라지고 목소리는 너무 커서 문제가 될 정도로 당당해져 있었고, 업무 특성상 하루 종일 전화기를 붙들고 있게 된 것이다. 처음 맡은 업무니 모르는 것도 많고, 배가 들어오고 나가고 빨리 빼야 하는 물건들을 부탁하거나 체크해야 해서 메신저나 메일보다 전화기를 돌리는 게 빠른 일이었다. 그 친구의 옛 모습은 찾아보기 힘들게 변해 있었다. 2년간 일어난 일이었다.

내가 하고 싶은 말은, 전화하는 것은 모든 사람에게 똑같다는 것이다. 그러니 너무 두려워하지 말고 걱정하지 말고 그냥 수화기를 들고 번호를 누르자. 그다음은 또 어찌저찌 흘러갈 것이다. 당신도 알 거다. 통화가 연결된 후가 전화 걸기 전보다 훨씬 마음 편하다는 것을.

그리고 전화 받는 상대방도 당신과 똑같은 마음일 것이다. 다들 안 그런 척, 내색을 안 할 뿐이다.

회사에서 잘못했을 때 대처하는 법

자, 이번에는 어떻게 보면 쉽지만 상사가 되어보지 않으면 잘 모르는 이야기를 해보겠다.

누구든 회사에서 어떤 실수를 하게 될 것이다. 큰 실수는 회사에 금액적으로 손해를 끼치는 일들과, 제작 과정에서의 실수로 출시 시기를 못 맞추게 되는 일, 패키지 실수, 여러분이 속한 회사의 특성에 따라 다양하게 자주 발생하게 된다.

작은 실수는 정말 말 그대로 팀장이나 본인 선에서 그냥 지나칠 수도 있는 일들이다. 서류상의 실수, 조금만 다시 되돌아 가면 다시 아무 일 없게 만들 수 있는 일들.

나도 일을 하며 실수를 했다. 많지는 않지만, 초보 때 기억나는 것은 쇼핑몰에 40만 원이 넘는 상품 가격을 등록하다가 금액에 0 하나를 빼먹어 아침에 매출을 확인하고 기겁을 한 적이있다. 아주 많은 고객이 구매하지는 않은 덕에 일일이 전화를 드려 살려달라고 사정한 적이 있다. 너무 죄송하며, 제가 이 물건을 내보내게 되면 저는 잘릴니다. 아주 아주 구차하게, 아주 예전 일이다. 이런 실수는 온라인 업계에서 심심치 않게 발생하는 실수이다.

자, 이제 본론으로 들어가자. 어떤 잘못을 하든지 나는 변명을 하지 않는 편이 좋다고 생각한다. 회사에서는 직원의 잘못으로 인해 많은 피해를 얻게 된다고 해도, 상사에 따라 다르지만, 사람이 한 실수이고, 그렇게 실수가 있을 때마다 직원에게 화를 내고 문책을 하는 것도 쉽지 않은 일이기에 적당한 주의를 주고 넘어가는 경우가 많다.

나도 그랬다. 직원이 실수를 하면 우선 한숨이 나온다. 아, 어떻게 해결하나, 그 후 머리를 애써 사용하며 해결책을 마련하고, 직원을 부른다. 직원은 일반 직원이거나 대리급, 과장급일 수 있다.

'이번에 이런 일은 대처를 잘못했다. 당신도 알고 있지? 이 일은 이렇게 저렇게 처리해서 마무리 짓고, 같은 실수는 반복하지 말자. 이럴 때는 이렇게 일을 하는 게 좋다' 정도로 끝내는 게 보통 내 스타일이다.

여기서 직원이 '네 죄송합니다. 제가 실수했습니다. 다시는 이런 일 없도록 하겠고, 지시하신 대로 최대한 빠르게 일을 잘 마무리 짓겠습니다.' 이렇게 되면 나는 가장 깔끔하다고 생각한다.

내 맘속에선 '아우, 제 속은 얼마나 탈까, 얼마나 놀랐을까, 다음에 잘해서 칭찬받는 일이 있었으면 좋겠다. 사기가 떨어졌겠군' 하고 생각할 것이다. 사실 맞지 않나? 본인이 잘못을 알고 얼마나 머릿속에 대지진이 왔겠는가. 어떻게 보고해야 하나, 도망가고 싶었을 것이다. 그 마음을 알기에 그래, 그게 벌이지, 내가 더 무슨 말을 보태겠는가.

그러나! 여기서 잘못한 일에 대해 얘기하는데 '제 말씀 좀 들어보세요. 일이 어떻게 된 거냐면요, 저만 잘못한 게 아니고, 저 부서에서 이렇게 저렇게, 그리고 시간이 너무 조급해서 정신이 없었고, 그 공장 사장님께 그렇게 하지 말라고 얘기했었는데, 일이 이렇게 됐고 등등…' 변명이 길어지면, 나도 모르게 그 직원이 말하는 모든 사실에 하나씩 대응을 해주며 그것마저도 어떻게 잘못한 건지 알려줘야 하고, 그 직원은 또 변명을 할 것이며, 마지막에는 '저 너무 힘들어요'라고 울먹이겠고, 나의 화는 아주 작은 바람에서 큰 소용돌이로 바뀌어 붉으락푸르락하며, 결국 큰 소리로 바뀌게 된다. 생각보다 위의 예시 중, 전자의 대답보다 후자의 변명이 훨씬 더 많다.

또한 빨리 보고를 해 수정하거나 잘못을 바로잡으면 될 일을, 본인이나 부서장들끼리 해결하고 무마하려다가 일이 커져 사장님의 대폭풍을 몰고 오는 경우도 많다. 제대로 혼나고 뉘우친다면, 오히려 잘못하는 횟수는 줄어든다. 늘 남의 탓을 하거나, 제대로 자기 잘못을 인정하지 않고, 변명을 늘어놓는 것은 습관이 되어 같은 잘못을 반복하기 십상이다. 빠른 잘못의 인정은 큰 잘못을 한 직원도 다시 보이게 할 수 있고, 반대로 작은 잘못을 한 직원이 변명의 늪에 빠져 일을 크게 키우고, 좋지 않게 인식될 수 있다.

잘못할 수 있다. 너무 억울하면 그 시간을 피해 차후에 시간을 내어 상사에게 그땐 이런 사정이 있었다고, 그래도 너무 큰 실수를 저질러 누를 끼쳐 죄송했노라고 말해보자. 그 편이 훨씬 나이스하다.

일 잘하는 현실적 방법
- 디테일이 큰 차이를 만든다

　회사에서 직원들에게 가장 많이 듣는 이야기 중 하나는 또 뭘까? 바로 '바쁘다'이다. 일이 너무 많아서 어찌할 바를 모르겠다거나, 일이 너무 많다 보니 놓치는 일이 많다는 이야기.

　나는 팀장이고 부서장이고 총괄 이사였다. 영업부에 소속되어 있지만, 영업팀 외에 디자인팀, 개발팀, 물류팀, 매입처, 매출처, 관리팀을 모두 컨트롤해야 했다.

　가끔 직원들이 물어본다. 이사님은 어떻게 그 많은 일을 다 하실 수 있냐고. 나는 말한다. 너희도 내 나이 되면 다 할 수 있어, 어떤 일이든 하다 보면 익숙해지고 스킬이 좋아져 시간이 단축되니, 너희가 하루 걸리는 일은 내게 3분도 안 걸리지. 연차가 있는데 어찌 같은 스킬로 일하겠는가. 지금은 좀 바쁘게 느껴지더라도, 나중에 다리 떨며 커피 마시며 일하게 될 거야. 그리고 또 다른 새로운 일이 너를 바쁘게 하겠지. 그렇게 일이 느는 거란다.

　퇴사하며 수첩을 처음으로 정리했다. 매해 새로 받은, 연도가 적힌 다이어리들이 수북하고 그 안에는 정말 많은 글들이 빼곡히 적혀 있다. 지난 세월 15년간 나와 함께 노고를 같이한 증거물들이다. 다 가져갈 수는 없고, 대충 보고 한 권만 가져가기로 했다. 그 노트들에서 발견한, 정말 일을 많이 하던 때의 기록을 발견하고 아, 이건 가져가야겠다 생각했다. 내가 얼마나 열심히 했는지 보여줄 수 있고, 생존 노하우 유튜브 콘텐츠와 이 책의 소재로 적절해 보였다.

　다음 사진의 내용은 내가 아침마다 해야 하는 일을 적은 to do list
의 어느 하루 목록이다. 일이 바쁘다는 직원에게 이 페이지를 보여준
적이 있다. 65개의 기억해야 할 나의 업무, 그 직원에겐 너무 단호박
같은 잔인한 상사의 단면을 보여준 거 같아 미안하다. 이 정도 해야
바쁘다고 하는 거야, 뭐 이런. 사실 그렇지 않다. 앞서 얘기했듯이 직
급에 따라 해야 할 범위가 넓어지면 다 되는 일이고, 그 전에는 또 나
름 일일이 손으로 해야 하는 단순 업무에 쫓기기 마련이니.

　처음에 시작은 정말 영업만 하다가 일의 범위가 넓어지면서부터다.
이 부서 저 부서 회의가 많아지고, 어떤 일은 오늘 끝나고, 어떤 일은
기한이 한 달에서 일 년이 되기도 하고, 디자인이나 촬영 작업은 스케
줄이 들쑥날쑥했다. 물건 매입 날짜를 놓치면 품절이 걸리고, 제 날짜
에 아이디어를 주지 않으면 개발 일자가 지연된다. 다른 부서에서 놓
치는 일도 빈번하여, 나라도 잊지 말고 챙기자는 마인드로 진행되는
모든 일을 적기 시작했다. 그리고 그 일을 마치면 줄을 그어서 마침을
표시하고 안 끝난 일은 다음 날 다시 또 적었다.

　그 일은 많은 일들을 잊지 않게 아침마다 내 머릿속에 되새겨주었
고, 꼼꼼한 디테일로 진득하게 일할 수 있었다. 남들은 잊은 일도 꼼
꼼히 짚어주어 회의 시간에 스스로 빛나고 있음이 뿌듯했다.

　처음에는 단순하게 굵직하게 10개씩 적다가, 20개가 되고 30개가
되고 점점 더 디테일하게 적어감에 따라 65개까지 된 것 같다. 더 많

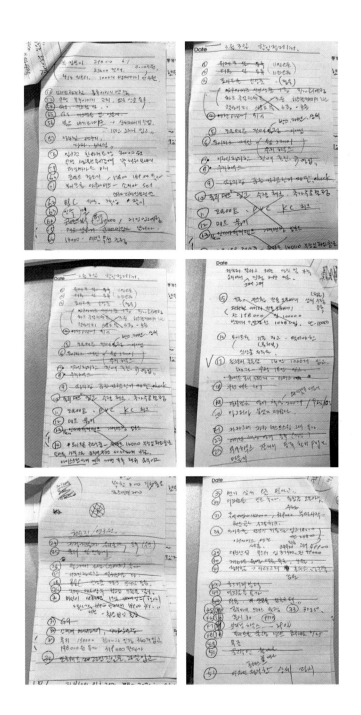

은 날도 있었을 것이고, 조금씩 줄어드는 날도 있었을 것이다.

보통 직원들을 불러 이 일이 어떻게 진행되고 있냐고 물어보면, 한 번에 대답을 못 하고 머리를 긁적이며 잠시만요 한 후 자기 자리로 돌아가 자기 수첩을 뒤척이거나, 관련 업무를 하는 직원에게 물어보고 오는 경우가 많다.

나는 직원이 물어보든 사장님이 물어보든 거의 한 번에 대답을 한다. 나는 그게 멋지게 느껴졌다. 여기서 나의 폼생폼사 버릇이 나오기 하지만, 멋지게 일하는 게 일을 잘하는 것이다. 디테일하게 일을 하고, 내가 할 일과 회사에서 진행하는 주요 프로젝트를 잘 체크하면 당연히 누가 봐도 일을 잘하는 사람이 되는 것이다.

우리가 지금 하려는 것이, 되려는 것이 그거 아닌가. 아침마다 to do list를 최대한 디테일하게 매일 적는 습관을 일 잘하는 법으로 강추한다.

6. 중간관리자의 중요성

중간관리자 팀장의 역할

내가 디자인에 관심을 갖고 개발 일을 하면서 나는 디자인 잡지사에서 매년 여는 교육을 신청하여 들었다. 디테일한 교육 내용도 다르고 강사들도 조금씩 달랐지만, 주제는 늘 중간관리자에 대한 교육이었다. 중간관리자 양성, 처음에 나는 그게 왜 중요한지, 왜 교육명이 항상 중간관리자 양성인지 몰랐다. 그냥 그런 제목인가보다 했다.

그때 우리 회사는 크는 중이었고, 중간관리자의 역할에 대해서 무지했다. 지금이야 물론 왜 늘 교육 내용이 그랬는지, 중간관리자의 역할이 회사에서 얼마나 중요한지 누구보다도 뼈저리게 느꼈고 알고 있는 한 사람이 되었다.

회사에서 중간관리자라고 하면 이들은 보통 팀장, 과장 정도의 직급을 일컫는다. 20대와 30대 초반에도 팀장을 했었다. 하지만 거의 1인 팀장이었다. 혼자 다 해먹는, 북 치고 장구 치고, 직급만 팀장이지 팀원이 없는, 그러다 5명의 팀원을 갑자기 갖게 되는 위기의 팀장직을 맞게 된다. 부서의 부장과 팀장직을 동시에, 일 잘해서 주어진 업무였지만 팀장이란 또 다른 거였다. 내가 팀장이 된 이유는 바로 위 사수인 부장님이 퇴사하셔서였는데, 부장님은 정말 좋은 리더셨다. 나는 밖에서는 아니지만(사실 이건 아무도 모른다. 난 원래 까다로운 사람일지도) 회사 내에서는 매우 까다로웠다. 말도 참 안 듣고 자기 고집이 센 직원이었다. 회사라는 조직에서 시키는 일은 다 잘했지만, 늘 내 식대로 처리했다. 의견이 맞지 않으면 그게 누구든 설득해야 했다.

그런 나였기에 맘에 안 드는 상사나 조직이 있으면 바로바로 그만둬 버렸다. 그래서 이 회사가 열 번째 회사였고, 그런 나를 퇴사의 위험 속에서 지켜주신 분이었다. 좋은 분위기 그리고 믿음, 일단 인성이 좋으셔서 늘 웃으셨고 사장님과의 엄청난 스트레스는 혼자 감내하셨다. 그리고 우리가 하는 일은 늘 믿고 지지해주셨다. 그리고 질문이 태산같이 많아 쉬지 않고 떠들어대는 나의 모든 질문을 다 받아쳐주셨다. 팀장이 되고 나서 알았다. 그게 얼마나 힘든 일이었는지.

그렇게 안팎으로 소문이 자자한 인성 좋고 능력 좋은 팀장의 자리에 내가 서게 되다니, 너무너무 부담되며 당장 비교가 될 생각에 머리가 아찔했다. 나는 어떤 팀장이 되어야 할까?

일단 전 사수를 따라가는 건 포기했다. 사람이 다른데, 나의 방식대로 해야지. 리더십에 관련된 자기 계발서를 보기 시작했고, 세바시 등 리더십 강좌가 있으면 빼놓지 않고 닥치는 대로 봤다.

언제나 깊게 들어가면 그렇지만 팀장이란, 리더란 세계는 넓고도 넓었으며 매우 다양한 캐릭터가 있었다. 직원들을 품는 리더, 찬바람이 쌩쌩 불지만 정확하게 지시할 줄 아는 리더, 그냥 사람 좋은 리더, 직원들을 지도하고 노하우를 알려주려는 리더, 각자 상생하게 내버려두고 자기 일을 열심히 하는 리더, 아무것도 안 하고 답 없는 리더까지. 나는 어떤 리더를 선택해야 할까. 어떤 리더가 되어야 할까.

당시 아쉽게도, 회사 사정상 경력직보다는 거의 신입에 가까운 5명을 끌고 가야 했던 나는, 초반에는 진짜 병이 날 정도로 힘들게 팀을 이끌고 갔다. 어떤 리더가 되겠다는 생각을 할 틈도 없었다. 일단 하나부터 열까지 가르쳐야 했고, 거래처에 내는 모든 제안서를 하나하나 검토해야 했다. 내가 해야 할 일도 산더미인데 남 일까지 해주는 느낌이랄까? 직원들이 어느 정도 자리를 잡았을 때, 난 비로소 팀장이 되려 했다.

나는 직원들에게 여기서 일을 잘할 뿐만 아니라 세계관도 확장시켜주고, 어디다 내놔도 훌륭한 인재를 만들어주려는 계획까지 세웠다. 내가 아는 모든 것을 가르쳐주려 했고, 별도로 교육 시간도 가지며 열정을 불태웠다. 한 명 한 명 성격도 다 다르고 하고 싶은 것도, 목표도 다를 것이기에 맞춤 업무와 맞춤 교육도 보탰다. 거의 사관학교 같은 분위기였다. 직원들은 빠르게 성장했고, 나는 병이 났다. 어느 책에서 읽었던가. 팀장이 되었다고 기뻐하지 말라, 너는 병에 걸릴 것이다. 나는 그렇게 어느 날 공황장애 진단을 받았다. 전체 회사에 대한 매출 책임과, 개발 아이디어, 상세페이지 마케팅 기획, 촬영 컨셉에 영업에 리더 역할까지. 그 와중에 무리한 출장 스케줄까지 나를 덮쳤고 그게 화근이었다. 상상도 못 한 공황장애라니.

아무튼 그렇다. 그 자리는 많은 어려움을 가져온다. 또한 그 자리는 팀원을 위해서 존재하는 것만도 아니다. 직원들과 대표 사이에서 엄청난 다리 역할을 해야 하는 자리였다.

그뿐인가, 타 부서 팀장들 간의 커뮤니케이션은 그중 가장 힘든 일이었다. 내 맘처럼 움직이지 않는 다른 팀을 어르고 달래서 끌고 가야 하는 것은 지금도 느끼지만 가장 힘든 일 중의 하나다.

그게 중간관리자다. 중간에서 위에서 치이고 아래에서 치이고 옆으로 치이고, 그러면서 직원들 스트레스 받지 않게 인덕까지 갖춰야 하는 울트라 슈퍼맨이 돼야 하는, 말도 안 되는 자리다.

적당히 해도 되겠지. 적당히 하는 사람들이 더 많으리라. 나는 회사에서는 적당히가 없었다. 적당히는 늘 사고를 불러왔고, 그 사고를 수습하는 것보다 할 때 꼼꼼하게, 까다롭게 하는 게 더 낫다는 걸 일찍 깨달은 바 있어 몸에 배어 있었다.

이제 일반 팀장들이 겪는 고초에 대해 예시를 들어보겠다. 내가 이사가 된 후 중간관리자들에게 들었던 고민들이다.

제일 많이 들었던 고민은 직원들에 대한 불만이다. 일을 너무 못해서 내가 일 다 해야 해요, 정말 답이 없어요, 일 잘하고 맘에 드는 직원이 한 명도 없어서 본인이 모든 것을 하고 있다는 불평을 하는 팀장.

둘째, 일 잘하는 직원이 있고 일 못하는 직원이 있다. 그래서 일 잘하는 직원과 일 못하는 직원을 눈에 띄게 차별하고 편애하는 팀장. 그리고 일 못하는 직원의 교체에 대해 요청하는 팀장.

셋째, 직원들은 팀장이 무슨 자기들의 보호막인 줄 아는 경우가 있다. 본인들이 원하는 모든 것을 상부에 대신 얘기해주고, 그렇지 못하면 능력이 없다고 생각하는 직원들 때문에 궁지에 몰려 한숨만 쉬는 팀장.

넷째, 상부의 지시대로 직원들 컨트롤이 되지 않아 이러지도 저러지도 못하고 결국엔 직원들이 말을 듣지 않아 상부의 지시를 따르기 힘들고 성과가 안 나온다고 상부에 하소연하는 팀장.

보통 이렇다. 여기서는 고초를 얘기하려 했기에, 팀원들의 공을 자기 걸로 바꿔서 상부에 보고하는 도둑 팀장 얘기는 뺐다.

나는 위와 같은 팀장들의 고초를 들으면서 말해주었다. 누구나 다 겪는 일이니 힘내라고, 그리고 팀원들 욕은 본인들 얼굴에 침 뱉는 거나 다름없으니 너무 자주는 하지 말라고, 처음이니까 그렇지 더 나아지고 발전하는 리더가 될 거라고, 하지만 당신이 노력했다고 생각하는데도 팀원들이 당신을 리더로 생각하지 않으면 당신은 그저 일만 잘하는 직원일 뿐이지 진급이나 리더의 상은 아니라고, 그리고 당신이 먼저 직원들을 믿고 이끌어줘야 그들도 당신을 리더로 생각할 거니, 일 못하는 직원에게 맡은 책무를 주라고, 원 팀이 되어도 회사 내에서도 저 시장 속에서도 경쟁자들 투성인데 이 안에서 하나가 되지 않으면 이미 전쟁에서 진 거라고.

여기까지가 내 몫이다. 그다음은 말 그대로 그 팀장들이 어떻게 노력해서 팀을 잘 이끌어나가서 성과를 이루는지 지켜봐야 한다.

나의 작은 경험으로는, 리더는 조금은 타고나는 것이 아닐까 하는 생각이 든다.

위의 이야기들 외에도 많은 이야기들이 오갔지만, 전혀 변하지 않고 늘 투덜거리다가 결국 스스로 나가거나 팀장으로 인정을 못 받고 회사를 나갈 수밖에 없는 처지에 놓였던 팀장들을 여러 명 봤고, 나이도 어리고 경력도 짧았지만 자기보다 경력이 많고 나이도 많은 팀원들에게 신임을 받는 팀장도 보았다.

당신은 리더가 될 것인가, 아니면 팀원으로 남아 실적을 쌓아갈 것인가.

책으로 배운 좋은 상사 되기
- 부하직원이 말하지 않는 31가지 진실

나는 직급이 오를 때마다, 아니 팀을 맡아야 하는 직급을 갖게 될 때마다 관련된 공부를 많이 한 편이다. 잘못된 리더가 팀에, 회사에 얼마나 큰 피해를 끼칠 수 있는지는 알고 있었다. 하지만 좋은 리더가 되는 방법을 배우거나 공부한 적은 없었다. 부서장이 되어서 많은 직원을 리드하여 회사를 운영해야 했을 때, 가장 도움이 많이 된 책은 『부하직원이 말하지 않는 31가지 진실』이라는 책이었다. 여러분께도 권한다. 회사 대표님도 읽었으면 하는 책이다. 꼭!

중간관리자들을 보면 내가 더 높은 직급을 달면 모든 것이 해결되는 줄 착각하는 직원들이 많다. 특히 과장 때 심하다. 아예 권력의 맛을 못 보거나, 상사가 시키는 일을 하는데 바쁜 친구들은 그런 맘이 생기지도 않는다. 상사 욕 좀 하며 그냥 즐겁게 같은 직급들끼리 어울리다 보면 바쁜 회사 생활이 지나간다.

그런데 과장이 되어보고 팀장이 되어보고 자기가 하기 싫은 일, 혹은 회사에서 해야 하는 일을 누군가를 시켜서 일을 해결하는 습관을 들이거나, 타 부서와 소통할 일이 많아지는 과장급이 되면, 자기의 목소리가 통하지 않을 때 아, 내가 맞는데, 내가 부장이라면 이 회사를 더 나아지게 만들 수 있을 텐데 하는 착각에 빠지게 된다. 즉, 이 회사의 문제는 내가 처리할 수 없다. 왜냐면 나는 직급이 낮아서, 나에게 부장직을, 이사직을 달아주면 내가 다 해결할 수 있을 거라 생각이 드나 보다. 나는 사실 그런 적이 없어서, 그런 직원들을 대할 때마다 좀 걱정이 된 건 사실이다.

『부하직원이 말하지 않는 31가지 진실』의 처음 시작에는 사자가 되고 싶어 하는 토끼가 나온다. 내가 좀 전에 언급했던 이야기의 착각을 어쩜 그리 한 스토리에 잘 담고 있는지, 아, 사람들 고민이 거기서 거기구나, 똑똑한 작가다 싶었다. 토끼는 동물의 왕인 사자가 우렁찬 목소리로 소리 지르며 리드하는 모습에 반해서 자기도 그렇게 되고 싶어 한다. 요약본임을 감안하여, 저 책을 사서 보기를 권한다. 그런데 토끼 무리의 리더였던 그 토끼가 사자를 따라 하면 따라 할수록 토끼들은 토끼 리더를 멀리하고 무리가 엉망이 된다. 그리고 자신들의 리더를 싫어하게 된다. 토끼는 사자를 찾아가 물어본다.

사자는 말한다. '내가 이 목소리로 사자들을 통솔할 수 있는 이유는 내가 사자이기 때문이야. 하지만 나는 토끼를 이끌 수 없어. 내가 다가가고 소리치면 다 무서워서 도망가는데 어떻게 내가 그들을 이끌 수 있겠어? 내가 동물의 왕이라고 생각하는 것은 너희들의 오해야. 네가 토끼들을 잘 이끌기 위해서는 무엇보다 너 자신이 완전히 토끼가 되어야만 한다. 시간 낭비하지 말고 너와 함께 생활하는 토끼들이 가장 잘 알고 있을 거니 그들에게 직접 물어봐. 그리고 그들의 이야기에 귀 기울이고, 가슴 깊이 들어.'

아! 무릎을 탁 치게 하는, 어떤 책에서 가르쳐준 리더십 강의보다 명쾌하게 마음에 와닿았다. 밑줄을 치며 읽었다. 그리고 나는 사자의 뜻을 더 깊이 실행하기 위해, 두 명의 다른 직급의 직원들에게 도움을 요청했다. 부서도 다르고 성별도 다른 직원 둘에게 그 책을 빌려주고, 이 책에서 말하는 부하직원이 말하지 않는 31가지 진실이 정말 진실인지, 목차에 표시해달라고 했다. 맞으면 O, 틀리면 X. 이 책의 부하들은 내 부하가 아니니, 한 번 더 확인을 하는 게 좋겠다고 생각한 것이다. 정말 내 직원들은 어떤 생각을 가지고 있는지, 어떠한 리더를 원하는지 정확히 알고 그런 리더가 되고 싶었다. 고맙게도 두 직원은 아주 정성껏 코멘트까지 얹어서 답을 주었고, 많은 도움이 되었다.

나는 저 책을 추천하지만, 내가 그보다 더 말하고 싶은 바는 좋은 리더와 좋은 팀장이 되기 위해 적어도 이런 노력을 해보는 것을 추천한다. 리더의 자리는 권력을 쥐여주는 자리가 아니라, 큰 배를 항해하는 선장으로서 목표를 완수하고 돌아가는데 한 명의 낙오자도 없이 그들을 지켜주면서 각자 정확한 능력에 맞는 자리에 배치하고, 성과를 얻는 데 모범을 보여야 하는 어려운 자리임을 알아야 한다. 목소리를 내는 자리가 아니라, 말보다 몸으로 실천하고 솔선수범해야 하는 자리임을 잊지 말자. 그래야 모두가 당신을 따를 것이다.

탁상공론의 위험성

탁상공론의 사전적 정의는 탁자 위에서만 펼치는 헛된 논설이라는 의미로, 실현 가능성이 없는 허황된 이론을 지칭한다. 회사에서 흔히 볼 수 있는 사람들의 유형 중 가장 안 좋게 생각하는 부류이다.

회사라는 기업은 나라가 그렇고 정치가 그렇고 동네 슈퍼마켓이나 대기업이나, 우리 모두가 만족할 만한 체제를 정확히 가지고 운영되는 곳은 없다. 뉴스를 보면서 혀를 차며 훈수를 둔다. '에이, 에이 저래서 되겠어? 문제야 문제.' '동네 초등학생들도 알 만한 일을 왜 저렇게 해결해? 열 받아.' '협회가 문제야.' '공무원들이 문제야.' '나라가 문제야.' 수도 없이 뱉어내는, 내가 뭘 어쩔 수 없는데 그냥 나오는 말들, 사실 뭐 이 정도는 봐주자. 그럴 수 있다. 그냥 우리네 술안주다.

문제는 회사에서다. 조금만 연차가 높아지면 목소리가 커진다. 이래서 문제, 저래서 문제, 저 부서는 왜 저래, 공무원식으로 일하는 애들은 다 잘라야 해, 내가 인사팀장이 돼서 제대로 바꿔놓겠어. 다 사장이 문제야, 도대체 경영을 어떻게 하는 건지 등등. 가끔 술자리에서

퍼붓는 하소연이면 그래도 괜찮다. 하루에 몇 번이나 피우는 담배 타임, 커피 타임 때마다 같은 이야기를 하는데, 아, 정말 '너나 잘하세요'라는 말을 나는 실제로 한다. 절대 속으로 안 하고 겉으로 바로 얘기해준다.

직원들의 고민 중, 자기 자신이 모자라는 것 같아 '어떻게 하면 더 발전할 수 있을까요? 더 나아질 수 있을까요?'를 고민하는 친구들은 정말 너무 사랑스럽다. 그리고 보통 그런 직원들은 일을 잘한다. 조바심 내지 말라고 말해준다. 지금 잘하고 있고, 지금 네가 하는 결과물이 3개월, 6개월, 1년, 3년 뒤에 고스란히 나타날 거라고 얘기해준다.

반대로 나는 너무 잘하는데, 저 부서 때문에 막혀요. 저 직원 때문에 일이 안 돼요. 회사 시스템이 엉망이에요. 나는 이렇게 열심히 일하는데 저 직원들은 놀고먹는 거 같아요. 제가 저 친구 월급까지 만들어내야 하나요?

나는 위치가 좀 편한 경영자였다. 그 전에는 영업부장이었지만, 사장님과 경영 문제를 두고 많이 얘기를 했기에 이런저런 고민들을 가져와 나한테 털어놓고 회사가 잘되었으면 하는 마음이라며 문제점들을 나열해주었다. 어떻게 생각하면, 그냥 왔다 갔다 일만 하고 아무 의견 없는 직원들보다 회사 걱정하는 직원들이 낫다고 생각할지도 모르겠다.

그런데 그때도 그랬고 지금 생각해봐도 아니다. 묵묵히 자기 일을 다 같이, 열심히 하면 문제될 게 없다.

회사라는 공동체에는 정말 제각각의 캐릭터와 능력치를 가진 친구들이 모여 있다. 회사 운이 좋으면 매우 좋은 직원들을 뽑게 되고, 아니면 모든 것을 체크하여 뽑은 친구들 중에 꽝이 나올 때도 있다. 정말 이건 복불복이기도 하고, 모든 직원을 에이스로 뽑는 것은 지난 수많은 면접에서 겪어봤고 다른 회사에서 사장님들이나 상무급 친구들을 통해 이야기를 들어도 어느 회사나 매한가지다. 이건 너무 당연한 자연의 법칙과 같다.

사실 처음에는 잘 들어주었다. 그래, 맞는 말이네. 속상하겠네. 그래, 그럴 수 있어. 그런데 그 친구가 한 달이 지나고, 1년이 지나고, 5년이 지났는데 같은 말을 하고 있다. 그런데 그 친구는 잘하고 있는가? 아니다. 다른 직원이 와서 그 친구를 가리키며 험담을 한다. 회사를 망치는 존재라고, 정말 많이 겪는 일이다. 묵묵히 회사 일을 열심히 하고 탁상공론을 하지 않는 친구들은 사실 험담의 주인공이 되지 않는다.

제일 직원들에게 문제시되고 저 사람 때문에 너무 힘들어요 하는 그 주인공이 늘 탁상공론을 하며 회사와 직원들을 문제 삼고 있더라는 것을 알았다. 자기가 문제인 줄은 꿈에도 모른 채.

듣다 듣다 이제 그만하고 우리가 잘하자. 우리가 열심히 일해서 우리가 바꿔보자. 남 탓하면 뭐 하냐고 술 한잔 사주며 달래면 그날은 좋다며 그렇게 하겠노라 맹세하고, 며칠 뒤 또 뭔가 뒤틀렸는지 불만이 한가득이다. 이런 스타일은 변하지 않았다. 나도 지쳐갔고, 나중엔 대화도 끊겼다. 그 아래 직원들은 팀장의 강한 불만 바이러스에 감염되어 또 지쳐갔다. 웃음기도 사라지고 사기도 없어져버린 팀이 되어갔고, 어깨들이 처져갔다. 회사에서 제일 위험한 존재이다.

며칠 전에 이 회사에서 꽤 오래 근무했고, 자기 일을 잘하고 있는 친구가 회사에 대해 하소연을 한다. 우리 회사에는 어른이 없어요. 뭔가 제대로 잘못된 점을 바로잡을, 내가 퇴사를 결정하고 자문이사를 맡은 1년 동안 가장 많이 들은 소리다. 아마 성격상 가만 있지 못하고, 잘못된 일을 정의의 사도처럼 바로잡고 다니며 오지랖을 떨던 나의 부재가 느껴졌나 보다.

나의 대답은 '네가 어른 하면 돼'였다. 나도 그랬다. 갑자기 위의 선배들이 줄줄이 사직서를 낼 때 혼자 남아 얼떨결에 내가 해야겠다고 생각했다. 내가 추슬러야지. 그 역할을 내가 하지 않으면 안 되는, 그런 중요한 공간이었다.

그 친구가 또 이렇게 말한다. 제가 어른 역할을 하려면 자리가 있어야 하고 직급이 있어야 하는데, 그런 게 없어요.

여기서 이 글을 읽는 여러분은 어떻게 대답해줄 것인가. 이 질문도 정말 많이 받는 질문인데, 직급 때문에 자기의 목소리가 전달이 잘 안 된다는 이야기. 대기업은 모르겠다. 나는 중소기업에서는 절대로 그게 문제되지 않는다고 생각한다.

나도 어른 역할을 도맡았을 때 직급이 없었다. 나는 20대 후반에 혼자 쇼핑몰 팀장을 맡았을 때 대리의 목소리로, 과장과 이사한테까지 쓴소리를 했다. 버릇이 없다고 혼이 났지만, 회사 이익에 문제시되는 잘못을 한 사람에게는 사실을 말해주지 않으면 성이 풀리지 않았다. 모든 회사가 그렇지 않겠지만, 회사 이익을 위해 이리저리 날뛰던 나를 사장님만은 인정해주셨다.

그 이후에 모든 회사에서 그렇게 일을 했다. 늘 사장님의 집중 관심 대상이 되었다. 내가 사장에게 잘 보이려 한 것은 정말 아니다. 부담스러운 일이다. 그렇다고 해서 월급이 올라간 것도 아니고 새로운 직급이 주어지지도 않았다. 그냥 내 자리에서 내가 할 수 있는 최선을 다하면 그 사람은 그 주변 사람들에 비해 스페셜하게 보인다. 왜냐면 대부분 그렇게 일하지 않기 때문이다. 남 탓을 하고 탁상공론을 하는 게 대부분의 직원들이기 때문이다.

다시 돌아가 그 직원은 그나마 친하고 얘기가 잘 통했기에, 말해주었다. 직급하고 나이는 상관없다. 회사에 그런 사람이 필요하다면 네가 되면 되고, 어른은 남에게 안 좋은 소리나 잘못된 걸 일러주는 사람이 아니라 스스로 열심히 일을 해서 본보기를 보여주는 거야. 네가 지금 하는 일을 정말 멋있게 잘해봐. 나중에 너의 짧은 한마디라도 크게 울림이 될 거야.

그렇다. 탁상공론은 위험하다. 탁상공론은 별것이 아니다. 자신은 일을 너무 잘하고 있고, 남들에게 문제가 있다고 생각하여, 틈만 나면 타 부서나 다른 직원의 험담을 하며 '이래야 하는데 저래야 하는데' 하며 말해도 전혀 도움이 안 되는 말들을 늘 늘어놓는 것이다.

혹시 몰랐다면, 지금이라도 하지 말자. 주변에 그런 사람이 있다면, 멀리하는 게 좋다. 사람을 지치게 하고, 혹은 닮아갈 수도 있다. 저기 저 멀리로 두자. 최대한, 아니면 용기 내서 말해주자. "제발 너나 잘해주세요"라고.

7. 쉬어야 한다

건강을 지키지 못한 나의 삶, 그리고 새로운 시작

나는 겁이 매우 많다. 사람마다 고통을 잘 참는 사람이 있고 아닌 사람이 있다. 그 엄살쟁이가 바로 나다. 나는 그래서 나름대로는 힘들면 쉬어 가곤 했다. 어쩔 수 없는 출장과 회사 스케줄에 쫓기긴 했어도, 무리하게 일했어도, 그래도 집에서 열심히 쉬었고 나는 무리하면 대상포진이라는 무서운 병에 걸린다는 주위 사람들 말에 피로도가 쌓이면 바로바로 쉬려고 했다.

근데 나는 공황장애라는 병은 연예인만 걸리는 것인 줄 알았지, 내가 걸릴 줄은 정말 정말 생각도 못 했다. 아마 지금도 주변에 공황장애 환자가 없는 사람들은 정신적으로 나약하거나 연예인들이 걸리는 특정 병이라 생각할 수도 있을 것이다.

나는 그 병에 걸리고 나서 주변에 공황장애 환자들을 많이 봤다. 사법고시를 오래 준비하다가 뒤늦게 회사 생활을 하며 어려움을 겪었던 친구, 회사를 운영하던 두 명의 남자 어른, 그리고 초기 증세를 보이던 우리 회사 직원들, 헤나가야 하는 목적이 많아 너무 열심히 사는 바로 전 회사의 내 직원 등 우리 주변에는 공황장애 환자가 너무 많고, 본인이 공황장애가 걸린 줄 모르는 채 살아가는 사람도 많다.

나는 어느 순간 왼손에서 물이 떨어질 정도로 이유 모를 땀이 갑자기 나기 시작하더니 목뒤에서 소름이 계속 돋고, 가끔 걸어가다 어지럽고, 세상에서 제일 좋아하던 소주잔이 앞에 있는데 한 잔도 못 먹는 상태가 되어 있었다. 이유는 몰랐다. 너무 무리했다고 생각했다. 숨이 가끔 안 쉬어져서 심장 검사도 받고, 이 병원 저 병원 다 물어봤는데 그 어디서도 원인을 모르겠다고 했다.

그러다 나라에서 2년 만에 받게 해주는 건강검진을 받으러 한 병원을 찾아갔는데, 나를 맡은 의사가 검사한 것 외에 평소에 안 좋은 부분 있으면 말해달라기에, '에이 또 말해 봤자 모른다고 하겠지'라는 생각으로 이전보다는 건성으로 증상을 말했다. 그랬더니 의사가 좀 심각한 표정을 짓더니 조심스럽게 아주 작은 하얀 약 하나를 꺼내줬다.

자못 비장하고 조심하게, "혹시 공황장애일 수 있어요. 확실한 건 아닌데요, 그런 것 같아요. 제가 이 약을 임시로 드릴 테니 혹시 너무 아플 때 이 약을 드셔보시고, 혹시 아픈 게 낫는다면 공황장애가 맞을 거에요. 그러면 꼭 정신과를 찾아가서 다시 검사를 잘 받아보세요."

지금은 일상이 되고 지병이 되어버렸지만 그때는 적지 않은 충격이었다. 공황장애가 심해지면 우울증을 동반해서 상태가 매우 안 좋아질 수 있다는 것, 이전에 내가 아무렇지도 않게 먹던 술과 커피는 꿈도 못 꾸며(정말 이 지점에서 눈물이 계속 났음) 초반에 잘 치료하지 않으면 매우 안 좋아질 수 있다는 점.

내가 이러려고 그렇게 열심히 살았나? 왜 걸렸을까? 갑자기 남편, 사장, 회사 등 모든 내 주변 상황이 원망의 대상이 되었고, 나는 지하철에서 펑펑 울었다.

사실 지금 생각하면 너무 인이 박혀서 그런가, 그게 그렇게 울 일이었나 싶다. 주변에서 제일 듣기 싫었던 말이 왜 네가, 다른 사람도 아닌 네가, 그렇게 밝았던 네가, 긍정왕이었던 네가, 왜 걸렸어? 그 말은 나에게 반대로, 너는 사실 우울했던 거야, 힘들었던 거야, 너한테 문제가 있었던 거야, 너는 잘못 산 거야 하는 것처럼 들렸다. 공황이 뭔 줄 아니? 친구들아? 나도 몰라. 그런데 난 진짜 행복했거든. 힘들고 고단해도, 다 그렇게 살잖아.

무서웠기에 의사 선생님 말을 철석같이 들었다. 나의 의지로 최대한 빨리 나아서 다시 평범한 삶으로 돌아갈 거야. 할 수 있어. 다행히 공황장애 판단은 받았지만 우울감은 제로였다. 나의 공황장애 원인은 회사의 막중한 업무와 매출을 지켜야 하고 상승시켜야 한다는 책임감에서 생겨났다는 것은 나중에 알았다.

참고로, 회사에 있는 회의실에 들어가면 바로 공황 증세가 오고, 회사 관련 일이 아니면 전혀 아프지 않았다. 처음엔 회사를 원망했지만, 결국 다 내 탓이었다. 까다롭게 컨펌하고, 매출을 일으키기 위해선 무엇이든 했던, 진짜 미쳐서 일에 빠져서 밤이고 낮이고 집이건 지하철이건 샤워할 때건 잠들기 전이던 회사 일을 안 생각한 적이 없었던 나의 자율신경계는 팽팽하게 버티다 끊어져버린 것이라고 했다.

그 후 일을 많이 줄였다. 출퇴근 시간도 조절했고, 일단 한 달은 휴가를 얻었다. 회사에서 많은 배려를 해주셨다. 그때 나는 회사에서 없으면 안 되는 존재이긴 했으나, 사장님이 늘 말씀하셨듯 안 아팠으면, 네가 안 아팠으면. 그게 제일 아쉽다 하는 듣기 싫은 소리를 그 후로 오랫동안 견뎌야 했다. 내 능력치에서 마이너스가 된 거다. 지병으로 인해.

나는 그 후로도 많은 성과를 냈고 아프다고 회사에 손해를 끼치면 안 된다는 생각에 열심히 일을 했다. 그래도 시간 조절을 해주시는 회사에 어떤 요구는 할 수 없었다. 그저 주는 대로 받고 회사를 거저 다니는 사람이 안 되기 위해 일하는 시간엔 필사적으로 일했다. 아무도 내가 아픈 것을 모를 정도로.

가끔 힘들어서 작은 소파에 몸을 우겨넣고 잠시 자야 했거나, 회사를 못 나가는 날도 생길 수밖에 없었다. 그래도 발작은 없었는데, 2023년 병이 거의 나은 줄 알고 예전과 같은 텐션으로 약도 끊은 채 일하다가 지옥을 맛보았고 얼마 후 나는 퇴사 결정을 하게 된다.

아직 젊은 나이인 나에게는 너무 슬픈 일이었다. 하지만 이것은 다른 생각은 할 틈도 없이 나를 밀어붙였던 생활에서, 어릴 적 꿈들을 새롭게 떠올리며 새로 시작할 일들을 나열할 수 있는 기회가 되었다. 그리고 실제로 했다. 지금도 하고 있다. 춤을 추고 싶어서 댄스 학원을 다녔고, 노래가 부르고 싶어서 보컬 트레이닝도 받았다. 글이 쓰고 싶었는데 지금 글을 쓰고 있고, 방송의 꿈은 매일 콘텐츠를 만들며 유튜브 개인 채널에서 꿈을 펼치고 있다. 그래서 지금 행복하다.

하지만 정말 나에게 공황장애라는 병이 없었다면, 나는 어떻게 성장해 있었을까 궁금하긴 하다. 그래도 인생은 누구에게나 다른 길을 제시해주고, 나는 지금 신나는 다른 삶을 살고 있고, 이전처럼 안정적이지만 뻔한 앞날보다는, 벌이는 아직 없지만 앞으로 일어날 일에 대한 설렘을 가득 가지고 있다.

건강하자. 잊지 말자. 그리고 어쩔 수 없이 아픔을 가진다 해도, 시간은 기니까, 잠시 쉬었다 가자.

또 갈 수 있게 잘 쉬자.

호흡의 중요성

앞서 나는 공황장애 환자라고 말씀드렸다. 공황장애의 원인은 많이 있지만, 기본적으로 자율신경계가 고장 난 것이다. 쉴 때 쉬고 일할 때 일하고, 생각할 때 생각하고 잠잘 때는 푹 자며, 몸의 긴장감을 풀어주기도 하고 다시 긴장하며 일해야 하는데, 일이 너무 많거나 감당할 수 없는 상황에 극도의 긴장감에서 쉬어주지 못할 때, 자율신경계가 너무 팽팽해지다 뚝 끊어져버리면 아프지도 않은 몸이 뇌에서 오는 오작동으로 몹시 아프거나, 죽지 않는데 죽을 것 같은 공포를 느끼게 된다. 나는 몹시 어지러워 토를 하면서 온몸이 불에 타 곧 죽을 것 같은 고통을 느끼고 119를 부른 발작 증세를 경험한 적이 있다. 그 외에 약한 증세는 늘 갖고 살고 있다.

처음에는 충격이 심했다가, 내가 왜 이 병에 걸렸지? 하고 놀랐다가, 약을 먹고 치료를 하며 생각보다 심각성을 모르다가, 다시 컨트롤을 못 하고 발작까지 가는 경우가 많다. 절대 약을 함부로 끊어서는 안 되는 병이다. 두 번의 발작이 모두 좀 나아진 것 같았을 때, 아침 약을 끊었을 때 왔었고, 이제 그 공포를 알아버려서 절대 절대 약을 끊을 수 없는 지경에 이르렀다.

나는 노래를 좋아한다. 잘 못하는데 부르는 것도 너무 좋아한다. 그래서 보컬 트레이닝을 받기로 했고 너무 신이 났었다. 뜬금없이 공황장애 얘기를 하다가 왜 노래야 할 수 있겠지만, 조금 참고 들어주시길 바란다.

몸이 너무 약해져(정말 짧은 시간에 극도로 안 좋아졌다), 비싸지만 효율적으로 빨리 회복하고 싶어 1:1 PT도 해보고, 필라테스 수업도 받았었다.

건강은 모든 것의 기본이다. 건강하지 않으면, 일도 할 수 없고, 따라서 돈도 벌 수 없으며, 우리가 원하는 성공 목표에 도달할 수 없는 아킬레스건을 가지게 되는 것이다.

공황장애는 나의 호흡이 너무 거칠어서였다. 더 오래 참을 수 있지 않을까, 목표가 저기 있으니. 업무 기일이 정해져 있으니 그 안에 이 많은 양의 일을 다 해낼 수 있을까? 아니, 당연히 해내야 하지, 못하면 안 되지 하는 마음으로 내 한 몸을 열 몸으로 만들었다.

노래방에서 한 번도 느끼지 못했던 숨 가쁨을 보컬 트레이닝을 하면서 느꼈다. 처음 노래를 시작하면 숨이 너무 가쁘다는 느낌을 받는다. 선생님이 제일 먼저 짚어주시는 것은 어디서 숨을 쉬느냐다. 악보를 받으면 처음에 노래를 들으며, 가수가 어디서 숨을 쉬었는지 살피며 숨을 쉬는 마디에 사선(/)을 긋는다.

정말 놀라운 일은 이 나라에 노래방이 생긴 고등학생 때부터 수없이 들락거렸고 춤을 추며 한 번도 쉬지 않고 빠른 노래의 그룹 노래를 혼자 다 부를 수 있었던 내 호흡은 부끄럽게도, 노래방이었기에 가능했던 것이다.

아주 느린 노래일수록 더 호흡이 중요했고, 그때 숨을 쉬어주지 않으면 노래 끝 마무리가 무너진다. 그리고 노래가 다 끝난 후 나는 헉헉거리며 힘들어했다.

그리고 보통은 처음 한 번 불러보고, 숨 마디를 체크한 후 다시 불러보는데, 그때부터 비포와 애프터의 실력 차가 확 드러난다. 그렇게 노래에서 호흡이 중요함을 깨달았다.

필라테스를 배울 때도, PT를 할 때도 모두 선생님들이 제일 많이 지적하시고 강조하는 부분은 호흡이다.

회사를 다니면서 아픈 직원을 너무나 많이 봤다. 처음에는 우리 회사만 그런가 했는데, 책에서도 유튜브에서도 TV를 보면서도 느낀 점은 일반 직장 회사에 다니는 현대인들에겐 정말 많은 병이 있다는 것이다. 특히 불면증, 위염, 우울증, 공황장애 등 건강에서부터 시작된 건지, 정신부터 시작됐는지 나도 아직 알 수 없는 정신과 병들이 너무 많다는 것이다.

우리는 회사에 다니면서, 꼭 해야 할 일들에 대해 그것을 못 하면 너무나 무능력함을 느낀다. 언제부터였을까? 이렇게 모든 일에 완벽주의를 생각했던 때가.

몸이 너무 아파 주변 친구들한테 요즘 이러해서 아프다고 얘기하면, 친구들은 말하지 않고 견뎌왔던 본인들의 병을 줄줄이 얘기하고 나는 명함도 못 내밀고, 고생이 많다 아프지 마라 하고 돌아서서, 난 아무 것도 아니었군. 왜 이렇게 다들 이렇게까지 아프게 사는 거야 한다.

우리 인생에서, 그리고 일을 할 때 우리는 어디에서 숨을 쉬고, 어디에서 쉬어 가야 할까?

다른 업무들에 대한 답은 거의 주려고 책을 쓰긴 했는데, 내가 실패한 건강 경험에 대해서는 참 할 말이 없다. 열심히 일했고, 완벽하려 했고, 그래도 나 나름대로는 대상포진이 너무 아프다고 하길래 좀 많이 힘들면 쉬었다고 생각했는데, 나도 모르게 공황장애에 걸렸던지라 도저히 모르겠다.

요즘 나는 한 번 쉬어 가는 중이다. 퇴사를 하고 새로운 직장 혹은 새 꿈을 만들어가는 과정에서 잠시 쉬어 간다 생각한다. 그런데 쉬는 게 이렇게 힘들 줄은 몰랐다. 생산적이지 않은 내 하루 일과는 나를 재촉하고, 이전보다 금전에서 자유롭지 않으니 답답하고, 모든 사람에게 컨펌을 해주던 내 위상과 위치는 그저 집안에서 엄마이자 아내라는 존재로밖에 인식이 안 되니, 보람 같은 건 어디서도 찾아볼 수가 없다. 그렇게 나는 쉬질 못하고 있다.

주변에선 너무 좋은 말들을 해준다. 이런 시기가 나중에 너무 그리울 것이다. 쉴 수 있을 때 쉬어라, 얼마나 행복한 시간인가.

20대에는 정말 잘 쉬었었는데, 이직을 할 때마다 한 달 이상 푹 쉬고 여행도 다니며, 쉴 때 쉬어야지 했는데, 가정이란 것이 생긴 후, 홀몸이 아닌 나는 이전처럼 자유롭게 쉴 수가 없다.

같이 해보자.

호흡하고, 쉬어보고, 명상해보자. 아프지 말자. 부디.

아프다면, 다시 건강해지기 위해 노력하자.

아프면 모든 것이 멈춘다.

나는 못 했지만 여러분은 꼭 잘 자고 잘 쉬면서 일을 할 수 있기를 기도한다.

정신과도 치과처럼 내과처럼

요즘 이 세상을 사는 데 꼭 필요한 병원이 어디일까. 여기저기 쑤시고 아픈 곳도 많고, 내가 처음 아프기 시작한 곳은 목 디스크였다. 하는 일이 온라인 마케팅 상품 개발이다 보니 핸드폰으로 해야 할 일이 많다. 하루 종일 핸드폰으로 일한다 해도 과언이 아니다. 눈물 쏙 빠지게 아픈 고통을 이겨내면서 생각지도 못한 곳이 아프네 했다. 겁도 많고 아픈 게 너무 싫었던 나는 치과도 미리미리 가고, 산부인과도 내과도 조금만 아파도 병원을 바로바로 갔는데 생각지도 못한 병이 생겼다. 공황장애. 공황장애라는 것을 알고 느꼈던 구구절절한 감정은 접고, 정신과 상담 이야기를 해보고 싶다.

정신과를 안 가본 사람들은 정신과 의사와 무슨 얘기를 할까 궁금해할 것 같다. 하긴 요즘 드라마에서 주인공이 정신과에 가서 상담하는 내용이 자주 나와 대충 알겠지만, 생각보다 정신과 상담은 그리 드라마틱하지 않고 평범하다. 난 오히려 그런 평범한 대화가 좋다.

정신과는 개인적으로는 본인과 맞는 곳을 선택해야 한다고 생각한다. 그냥 의사가 맞겠지 하고 자기를 억지로 그 상황에 끼워맞춰 넣으면 안 된다. 나는 또 여기서 까다롭다고 생각할 수도 있겠지만, 정신과를 여러 번 옮겼다. 이 이야긴 혹시 앞으로 정신과 문을 두드릴 예비 환자님들을 위해 정보를 드리는 편이 좋겠다.

일단 처음 회사가 마포에 있어서 회사 근처를 알아보았다. 아무래도 일에 방해가 덜 되게 병원들은 회사 가까운 곳에 잡는 편이다. 처음 갔던 병원은 오래되고 좀 그냥 성의가 없어 보여서 그냥 다시 올게요 하고 도망치듯 나왔고, 두 번째 병원은 사람이 정말 많고 상담 시간은 매우 짧았지만, 의사 선생님도 매우 친절하시고, 약이 일단 잘 맞았고, 처음에 매우 아팠던 공황이 점차 좋아지는 것이 느껴져 꽤 오래 다녔다. 회사가 상암동으로 옮겨서 상암동 근처에 새로 생긴 깨끗하고 좋은 병원에 갔는데 의사 선생님이 너무나 건성이시고, 궁금한 질문에 이해 안 되는 대답을 해주시며, 약이라도 맞았으면 약만 탔을 텐데 그마저도 너무 안 맞아 멀지만 다시 마포의 원래 병원을 다니다가 멀기도 하고 그 후로 차도가 없고 언제까지 같은 생활을 반복할 수 없어서 다시 집 근처의 병원을 찾아봤다. 이번엔 후기도 꼼꼼히 보고 전화 예약을 했다. 몇 달을 기다리라고 했는데, 두 분 의사 선생님 중 한 분의 취소된 예약 자리가 생겨 다니게 되었다. 지금 다니는 병원이다.

이번에는 예약제이며, 상담을 충분히 해주시는 선생님이셨다. 빨리 끝내려는 조급함도 안 보이시고 나의 이야기를 잘 들어주시며, 하나하나 조목조목 잘 이해시켜주셨다.

사람마다 상담 내용이 다를진대, 나의 경우는 이랬다. 그저 나는 일상을 이야기한다. 무슨 꿈을 꾸었고, 이런 일이 있어서 심경의 변화가 있었다, 나는 이런 곳을 두려워하며, 이런 데서 행복감을 느낀다. 너무나 평범한 이야기들이다.

내가 너무 걱정하는 것에 대해서는 그렇게까지 걱정할 필요가 없게 느끼게도 해주고, 진심으로 같이 걱정을 해주기도 하시니, 이건 뭐, 제일 친한 친구에게도 못 하는 이야기도 하게 되고, 내 인생 고민 이야기도 하게 된다. 그래도 괜히 의사 선생님 귀한 시간을 낭비하지 않게, 한 달 동안 나에게 영향을 미쳤던 사건을 추리고 추려서 질문하기는 한다.

최근 내가 상담했던 내용들은 주로 퇴사 후의 삶이다. 너무 당당하게 너무 내가 하고 싶었던 일들을 잘할 거라 생각했던 나의 퇴사는 나에게 전혀 예상치 못한 우울감을 안겨줬다. 우울감이라기보다는 전에 느끼며 나에게 생명감을 불어넣어주었던 일에 대한 성취감, 보상 이런 느낌을 전혀 느끼지 못하며 에너지를 쏟아야 하는 새로운 일들,

아직 결과물이 없는 두려운 미래에 대한 걱정들에 나는 나도 모르는 새에 잠식당하는 시간이 있었다. 짧지만 당황스러웠었다. 한 번도 겪지 못한, 아 대학교를 졸업하고 취업에 도전하던 시기, 생각보다 우수수 떨어지는 면접에서 느꼈던 그런 기분이 이랬을까? 사실 잘 기억이 안 난다. 어쩌면 지금이 그때보다 더 자신감은 있었으리라.

나의 불안함은 늘 모두 그러하다. 너만 그런 게 아니다, 너무 당연하다, 그리 오래 하나만 붙잡고 일을 했는데 어찌 금방 그것에서 벗어날 수 있겠는가, 오히려 아무렇지도 않다면 그게 더 이상한 거다, 지금 이런 마음이 드는 게 더 정상이다.

나는 힘들지만 직장이라는 적을 두고 30년을 살았다. 힘들다, 이렇다 저렇다 해도 어딘가에 소속이 되어 있었고, 울타리가 있었기에 월급을 받고 밥을 먹고 살았다. 그 돈으로 하고 싶은 것을 하고 살면서 그렇게 직장 생활을 버텼다. 아니, 처음엔 그렇게 버티다 일이 즐거워 돈이고 뭐고 일만 생각하다가 어느새 돈이 많이 벌리니 더 돈 욕심이 나서 돈에 기대서 일하다 보니 일이 재미없어졌다. 동기부여가 돈이 되면 버티기 힘든 게 회사 생활이다. 아, 생각난 김에 다음 장에서 그 이야기를 해보자.

어찌 되었든 그렇게 떠나고 싶었지만 막상 떠나니 적이 없어져버린 홀몸이 되어 후련할 것만 같았는데, 완전 혼자가 된 생활에 적응하는 데 시간이 걸렸고, 그런 중요한 시기에 나에게는 정신과가 있었던 것이다. 그 어디에서보다 위로받는 곳이 정신과라나. 다행히 병원을 다니고 있었기에, 부드럽게 자연스럽게 이 위기를 넘기고 있다. 이런 일이 생긴다고 다 정신과를 찾아가지는 않으니까.

정신과는 그런 곳이다. 그렇게 치과를 미리 가든, 미리 건강검진을 받는 것처럼 정신과도 아프기 전에 가끔 들러 검사를 해보는 건 어떨까?

너무 깊이 관여하지 않고, 너무 오버하지 않으며, 적당히 괜찮다고 인정해주는 의사를 만난다면 그냥 내가 잘못 살고 있지는 않구나 하며 위로가 되는 정도가 참 좋다. 내가 아는 누군가에게 비밀이 흘러나갈 걱정도 할 필요도 없다. 고여 있는 썩은 물을 조금씩 조금씩 버려내고, 맑은 새 물로 채우는 느낌이 든다. 모든 병은 마음으로부터 시작될지니.

앗! 끝내기 전에 특별히 불면증으로 고민하시는 분들은 꼭 내원하시길. 불면증은 정말 모든 병의 근원이다. 회사 다니면서 잠깐의 불면증이 10년이 넘는 지병이 되고, 면역력이 다 떨어져 갖은 염증을 불러오는 친구들을 많이 목격했다. 정말 20대, 30대 젊은 친구들이 아파서 일을 못 하는 걸 보면 가슴이 아팠다. 잠을 못 잔다면 꼭 빠른 치유를 하시길. 꼭꼭 권한다.

8. 내친김에 쉬어보자, 보통 사람 나의 이야기

소파

나는 공황장애라는 병이 생긴 뒤 일을 하면서도 집에서 쉬는 일이 많았다. 무리했다가 발작이 일어난 경험 후 공포감 때문인데 그 덕에 나는 집에 있는 텔레비전 앞 소파에 누워 있는 일이 많아졌다. 아, 거기는 한번 누우면 못 일어나는 소파이다. 소파에 누워 한쪽 발을 소파 등받이에 올리고, 핸드폰을 보거나 창문 밖 하늘을 보거나 왼쪽으로 고개를 돌려 이미 다 봐서 재방송뿐인, 볼 것 없는 텔레비전을 쳐다보는 일이 세상에서 제일 좋고 편하다.

그 소파는 근처도 가면 안 된다. 나를 강하게 끌어당기는 힘이 있다. 바꿔버릴까? 불편한 걸로? 이런 생각을 한 적도 있는데, 나는 절대 그 일을 실행할 수 없다. 그 소파는, 소파를 피해 근처 카페에서 글을 쓰고 있는 지금도, 자꾸 소파가 떠오른다. 빨리 저녁이 와서 거기에 누워야지… 눕고 싶다.

연애, 결혼

잠시 머리도 식힐 겸 조금 가벼운 주제인 연애와 결혼에 대해 얘기 해보자.

나는 연애와는 거리가 먼, 연애를 잘 알지 못하는 여자였다. 일단 짝사랑하고 좋아하는 사람은 늘 있었던 것 같은데, 늘 짝 사랑이었다. 내 주위에는 늘 인기 많은 여자들, 그리고 남자를 잘 사귈 줄 아는 능력 있는 친구들이 있었다. 대부분의 여자들은 떨지도 않고 모임에 있는 어떤 남자들하고도 잘 어울리는데, 나는 늘 긴장 상태였다. 정말 정말 막역한 남친 외에는, 그냥 모솔과 인기녀는 타고나는 거 아닐까? 그렇게 생각했었다.

그런 10대, 20대, 30대를 보냈다. 그렇다고 연애를 한 번도 안 해본 건 아니다. 정말 좋아하면 무조건 표현하는 스타일이었다. 나에 대한 믿을 수 없는 근거 없는 자신감이 나를 그렇게 만들었다. 백 명의 남자 중 한 명이 보이면 그 한 명만 생각했다. 그리고 늘 고백했다.

결과가 어땠을까? 결과는 시간은 걸렸지만 대부분 성공적이었다. 이것 또한 미스터리이다.

중학교 때는 여명을 닮은 친구를 좋아했었다. 키는 176, 잘생긴 얼굴. 내가 아는 건 그것뿐, 어떻게 그것만 가지고 사람을 좋아할 수 있지? 하겠지만, 모든 상상은 거기서부터 생긴다. 모르지만 난 상상해서 그 사람의 성격을 내가 좋아하는 스타일로 만들어낸다. 이럴 것이라는 추측을 가지고.

그 아이를 볼 수 있는 곳은 남녀공학이지만 여자 반 남자 반으로 구별된 학교였기에 복도에서 지나치면서, 그리고 체육 시간 창문 밖에서 보이는 모습들, 그리고 하교 시간 멀리 걸어가는 모습을 뒤에서 보는 것, 그것만으로도 내 가슴은 터질 것 같고 좋아 죽었다. 그렇게 오래됐는데 아직도 그때의 내 심장 뛰는 게 그대로 느껴진다. 진짜 성격이 그냥 매우 열정적이라 사랑도 그렇게 했나 보다 생각이 든다.

그러다 정확히는 기억이 안 나는데, 편지를 썼는지 전화 통화를 하게 됐는지 그 아이와 사귀게 되었다. 물론 연애 고자처럼 사귀었다. 무서운 부모님 덕에 사귀는 게 들통나면 안 되니 변변한 데이트는 해본 적도 없고, 발렌타인데이나 화이트데이 때 스치듯 만나거나, 부끄러워 얼굴도 제대로 못 쳐다보고(사람이냐) 집에서 학원 갈 때 데려다주면 40년 산 노인네 부부마냥 3걸음 뒤에서 따라 걸었다.

우리의 데이트는 전화 통화였다. 뭐 대충 기억에 전화 통화는 거의 매일 오래 했던 것 같다. 무슨 말을 했을까? 아무 기억에도 없지만, 그냥 그렇게 그랬던 짝사랑과 우정에 가까웠던 첫사랑은 고등학교에 가면서 끝났던 것 같다. 그 후로도 나는 새로운 짝사랑 상대가 나타나기 전까지는 그 아이를 줄곧 생각했었다. 대학교 때 보고 싶어서 몇 번 통화하다 만날 날을 하루 잡았는데, 갑자기 몸을 움직일 수 없는 몸살이 일어났고, 그렇게 소식이 끊겼다.

고등학교 때는 남자를 볼 기회가 없었고, 짝사랑할 대상을 못 찾았다는 얘기. 연예인만 줄곧 좋아하다 대학교에 입학해서 실물 남자를 영접할 기회가 돼서, 나는 또 곧바로 나의 짝사랑 상대를 찾아냈다.

대학교에 코딱지만큼 있었던 캠퍼스, 아니 없었고 그냥 길이라고 해야 하나, 아무튼 거기를 지나가는 한 남자에게 내 몸과 마음은 중학교 그때처럼 타올랐었다. 뭐지, 신내림인가… 어떻게 그럴 수 있나 싶다. 그 뒤로 5년 넘게 내 마음을 애끓게 했던 그 아이는 우리 과 옆 국문과였다. 호감형이었고, 내 친구들도 살짝 맘을 비추기도 했으며 그 과에서도 인기가 좀 있는 듯했다. 베프인지 여친인지 엄청 헷갈리게 하는, 정말 신경 쓰였던 여자도 있었다. 나중에 사귄 뒤 알았지만, 그 친구는 베프였다. 여자한테 그리 관심 없는, 아니 관심이 있어도 뭔가 자기가 이루어야 할 것을 위해 아무도 안 사귄다는, 아주 나는 상상도 못 하는 결심을 한 아이였다. 하지만 난 그 친구를 내 남자로 만들었다. 첫사랑에 빠진 5년 뒤 어느 날 기적 같은 일이 벌어진 것이다. 자세한 이야기는 생략.

그냥 이렇게 설명하고 싶다. 졸업 후 엄청난 이력서를 쓰고 면접을 보면서 줄줄이 떨어지던 나에게 하느님이 주신 선물, 딱 1년만 행복해라, 원 없이 행복해라, 그 이상은 없다 하고 이미 정하고 나에게 내려주신 선물. 나는 그런 마음으로 그 아이가 내 옆에 있음에 감사했고, 헤어질 때도 생각했다. 그래, 잠깐의 선물이었다. 이건 정해진 거였어.

그렇게 뜨거웠던 사랑들도 다음 사랑에 잊힌다. 하지만 그 두 개의 첫사랑(왜 사랑 두 개를 첫사랑으로 묶냐구? 도대체가 어느 게 첫사랑인지 모르겠어서)은 50이 다 된 나에게 아름다운 추억으로 남아 있다. 감사하게도. 그다음 사랑들은 말하고 싶지 않다.

난 지금 사랑하는 남편과 더 사랑하는 아이와 살고 있다. 남편은 어릴 때부터 엄마나 이모를 통해 듣던 이름을 가진 남자였다. 이모의 절친 아주머니의 아들, 나는 수십 번, 백 번에서 이백 번 사이의 선을 보고서야 몇 번째인지 모를 그때 남편을 만났다. 그때는 왜 사랑했는지 몰랐으나, 지금은 정확히 알고 있다. 왜 로션도 안 바르고 너무 검소하다 못해 너무 오래된 유행에 지난 옷을 입고 나온 오빠에게 마음을 뺏겼는지, 성격도 정반대, 웃음 포인트도 정반대, 내가 꽤 웃기는 편인데 내가 웃기는 포인트에 화를 냈던 그 사람을 사랑하게 됐는지. 지금이야 MBTI라는 아주 훌륭한 이론이 우리의 성격을 알려주고 서로 이해하게 만들었다만 그 당시는 참 이상한 사람이네 하고 생각했던 지금의 내 남편은 그냥 현세의 내가 지금까지 만났던 남자들과 달랐고, 선을 봤던 남자들과 달리 선비의 표본이었다. 자신이 생각하는 옳다는 바가 있으면 굽히지 않았고, 매우 검소했으며, 우리 아버지의 보수적인 면을 모두 가지고 있는 옛날 남자였다. 결혼한 지 10년쯤 된 작년, 어느 순간 아빠와 너무 똑같은 모습이 많이 보이는 남편을 발견하고 아, 아빠를 닮은 남자를 선택했구나. 그것도 유머와 말 잘하는 성격은 빼고 보수적인 것만. 난 남편한테 안정감을 느꼈으리라. 지금도 그렇다. 난 그냥 그 사람이 내 옆에 앉아 있기만 해도 그냥 좋다. 든든하고, 안정감을 느낀다. 그게 사랑인가. 그런 사랑도 있나 보다.

내 눈엔 결혼을 결정했을 때 갑자기 눈앞에 김수현을 닮았다는 콩깍지가 아직 안 벗겨져 남편이 김수현으로 보인다. 사실 농담인 척 사람들 있을 때 얘기하는데, 진심이다. 벗겨지면 큰일이다. 남편도 이 말을 너무 싫어하고, 주위 사람도 엄청 뭐라고 한다. 하지만 내 눈엔…
죽을 때까지 벗겨지면 안 되는 콩깍지. 하느님, 저에게서 그건 가져가
지 마세요.

결혼이란 해야 하는 걸까

나는 결혼을 늦게 했다. 지금이라면 또 이야기가 다를 수 있으나,
나 때에는 29세를 넘기면 노처녀였다. 나는 37살에 간신히 운명의 짝
을 만났다(운명의 짝 맞겠지?).

누군가 결혼은 일찍 하는 게 좋을까요? 늦게 하는 게 좋을까요? 둘
중에 하나만 딱 정해주세요 하고 물어본다면, 나는 늦게 할 것을 권
한다. 시기에 상관없이 사랑하는 사람을 만났을 때, 아 진짜 이 사람
하고 결혼해야겠다 하는 맘이 들면 결혼하는 것이 가장 정답이긴 하
다. 늦게 하나 빠르게 하나, 죽도록 사랑하는 사람이랑 하나 선봐서
결혼하나, 결혼 생활 과정에서는 수많은 복잡한 일이 생기니 거기에
관련된 더 복잡한 이야기는 생략하겠다.

나의 대답이 늦게인 것은 그나마, 내가 남편과 이 정도 성숙한 관계
를 유지하는 것이 보고 들은 것이 많아서라는 생각이 들어서이다. 어
릴 때부터 겪어온 부모님이 사시는 모습을 보고 배운 것도 많지만(나
는 우리 부모님을 정말 존경하지만, 부부 관계에서만큼은 크고 작은 싸움을 너

무 많이 보고 자랐고 그 원인도 매번 비슷했기에, 나는 그와 반대로 생각하고 행동하면 부부 싸움을 덜 하겠구나 생각했다. 그리고 그건 어느 정도 들어맞았다), 일찍 결혼한 친구들을 보고도 많이 배우게 되었다.

결혼해서 상대방에 대한 불평이 쌓이면 사실 터놓고 얘기할 데가 친구밖에 없다. 내가 볼 때 이건 남자나 여자나 똑같은 것 같다. 사람에 따라 굳이 이야기 안 하고 내색 안 하는 타입도 있지만, 내 어릴 적 친구들 그리고 사회에서 만난 친구들도 스스럼없이 이야기하는 친구였다. 그리고 내가 뒤늦게 드디어 결혼을 한다고 할 때 주의할 점에 대해서 일러주는 친구들도 있었다. '다 못하는 척해라. 너무 잘하면 다 너의 일이 될 것이다. 처음에 주도권을 잡아야 평생 간다.' 나는 사실 성격이 누구의 말을 잘 듣는 성격이 아니라, 다행인지 아닌지 그런 이야기들은 그냥 패스했다. 그리고 그 말을 해주는 친구들이 결혼 생활을 매우 잘했다면 또 모르겠지만, 아니, 나는 정말 누구의 말을 잘 듣는 성격이 아니다(가끔 이 문제로 친구들에게 쓴소리를 듣지만 그냥 내가 생각한 바대로 움직이고 내가 결정하고 아닐 때 내가 나에게 잘못을 묻는 것이 편하다).

내가 친구들보다 10년 늦게 결혼했으니, 가까이서 보고 지낸 친구들이나 이야기를 들은 내용을 종합해보면 아, 어떻게 사는 것이 행복한 결혼 생활 유지법이겠구나 하는 것은 가늠이 된다. 물론 안 싸웠다는 건 아니다. 아이를 낳기 전 3년은 나의 계획대로 행복하였으나, 출산과 육아 때는 그 어떠한 자문도 도움이 안 되었다. 잠을 잘 수 없는 최악의 컨디션에서는 우리 둘 다 최악의 성격이 표출되더라는, 서로의 민낯을 보게 되는 그런 시기였다.

아무튼 내가 가장 도움을 받았던 부부 두 쌍의 이야기다. 한 부부
는 친한 동생 커플인데, 친하게 지내던 남자 동생과 여자 동생이 결혼
을 해서 둘 다 모두 친한 커플이다. 둘은 정말 세상에 둘도 없는 단짝
으로 보였고, 동갑내기라 친구 같기도 하며, 싸우는 것도 본 적이 없
고, 서로 너무 아끼는 사이였다. 너무 부러울 정도로 내가 갖지 못한
커플이었다. 아, 물론 이 커플도 나중에는 부부 싸움이란 것을 하긴
하더라만.

첫 결혼, 뭘 어찌해야 할지 몰랐던 나는 그 커플을 본받기로 했다.
친한 여동생은 남의 이야기를 참 잘 들어주는 친구였다. 하다못해 내
가 하도 고개를 끄덕이기에 야, 언니가 방금 뭐라 그랬어? 그러면 어?
하고 당황하는 기색을 보일 정도로 공감의 표시가 자동으로 나오는
아이였다. 장점이자 단점일 수도 있겠다. 하지만 나는 이 아이와 이야
기하는 것이 참 좋다. 이야기를 잘 들어주고 공감을 충분히 해준다.
같이 있으면 즐겁고 유머 감각도 있다. 이 친구는 남편과 이야기할 때
도 항상 고개를 그렇게 끄덕여주고, 먼저 자기가 솔선수범하여 집안
일을 하는 모습이 정말 존경스러웠다. 아, 이렇게 하면 남편이 당연히
아내를 좋아할 수밖에 없겠다 싶었다. 그래서 나도 남편의 말을 아무
잔소리 없이 들어주고, 솔선수범하여 집안일을 했다. 당연히 부부 싸
움은 일어나지 않았다.

또 한 커플은 친구 커플인데, 큰 벌이가 없지만 남편의 과음 원인

외에는 전혀 싸움이 일어나지 않는 커플이다. 내 친구는 참 무던하다. 무던한 친구라서 그저 무던하게 잔소리를 하지 않는다. 내 친구의 남편 또한 나와 절친인데, 그 아이는 술을 좋아한다. 결혼 전후 나랑 같이 제일 술을 많이 먹은 친구들 중 한 명이기도 하니, 참 내가 할 말이 없다, 내 친구에게. 내 친구의 남편이자 내 절친은 지금도 내 친구가 너무 사랑스럽고 귀엽다고 한다. 결혼 20년이 지났다. 내가 봐도 내 친구는 너무 착하고 귀엽다. 무던하게 사람을 이해해준다. 화를 낼 때도 귀여우니 남편이 무서워할 일이 없을 것이다.

순탄했던 결혼 생활에 3년째 육아를 하며 성숙하지 못했던 남편과 나는 서로의 민낯을 보일 대로 보이고 사이가 틀어졌다. 5년, 6년째는 피크를 달렸다. 이혼 위기도 겪었다. 나는 그렇게 생각했다. 이혼을 할 거면 하고, 아니면 잘 살아가는 방법을 택하자. 둘이 얘기를 많이 하고 서로의 문제점을 찾았으며(나는 내 문제점은 없는 줄 알았다. 늘 착각과 교만에서 사건이 발생한다. 나의 문제점은 많았고 남편은 참고 있었다), 나는 하나의 목표를 세웠다. 아이든 남편이든 집에 있을 때 제일 행복하게 해주자. 일찍 들어가고 싶은 집을 만들자. 이건 고도의 참을성이 필요하지만 참 쉽다. 잔소리 금지, 뭘 하든지 인정해주는 것. 그렇게 결혼 11년 차가 되었다. 고비는 늘 오지만, 나는 나답게, 남편은 남편답게, 아이는 아이답게 사는 집이다. 서로에게 원하는 모습을 강요하지 않는다. 가끔 투정은 부린다. 그것마저 없으면 남자는 결혼 생활이 그저 부모 집에서 아내와 아이가 있는 집으로 이사 온 정도로 여기는 것 같아서 가끔 실감시켜주어야 한다. 나는 이 집에 그냥 사는 사람이 아니라, 당신의 색시임을.

육아 중 4살, 7살 사춘기에 대처하는 방법

육아가 왜 생존 노하우에 들어갈까. 나는 결혼을 해서 아이를 키우고 있다면 무조건 이해할 거라고 생각한다.

보통 부부들이 신혼 때 잘 지내다가(아, 신혼 때 싸우시는 분들도 있지만) 부부 싸움이 잦아지는 이유 중 하나가 육아 문제이다. 이처럼 힘든 육아라서 아이를 안 낳고 사는 딩크족도 많다. 실제로 친구의 언니 사례 등 아이를 안 낳기로 한 부부들이 부부 싸움을 안 하고 잘 지내는 경우를 많이 보고 듣기도 했다.

하지만 우리는 아기를 낳기를 원한다. 우리는 아기를 낳고 가족을 이룰 것이라고 결심한 부부들을 위해 이 생존 노하우를 말씀드리려한다.

육아를 하면서 부부 싸움이 잦아지는 이유는, 아이를 기르는 각자의 사고방식이나 기준 때문인 경우도 있지만 의견이 같다 해도 육아자체가 몸을 지치게 하기 때문에 싸움이 일어나는 경우도 많다. 꼭부부 싸움이 되지 않는다고 하더라도, 서로 의지가 되고 위로받는다고 하더라도 아이와의 실랑이는 정말 힘든 일이다.

모두 처음인 엄마 아빠는 매일매일, 매달, 매년 빠르게 변화하는 아이에게 적응하고 새로운 것을 배우면서 대처해야 하는데 그것이 정말 쉽지 않다. 나 같은 경우에도 너무 힘든 과정을 겪다가 아, 이제는 좀 알겠다 싶으면 아이는 곧 다음 단계의 성장으로 넘어가 또 나를 힘들게 한다.

그중 가장 힘든 때가 바로 오래전부터 구전으로 전해 내려오는 미운 4살, 죽이고 싶은(?) 7살이다. 세상에서 가장 이쁘고 방긋방긋 웃던 아이가 갑자기 물건을 이유 없이 내던지고, 심통을 부리며 화가 나 있다. "시져 시져" 하면서 모든 게 맘에 안 드는 모양새다. 갑자기 왜 이러지 싶은데, 도대체가 이유를 모르겠다.

이때가 미운 4살이다. 미운 4살이라고 하지만 아이들 성장에 따라 3살이 될 수도 있고 5살이 될 수도 있다. 그쯤 발생하는 일이다. 나는 당시 도대체 이유를 알지 못했고 처음에는 아, 이게 미운 4살인가? 하고 생각할 틈도 없었다. 일과 육아, 살림을 도맡아 했기에 몸이 열 개라도 부족했다. 남편은 많이 도와준다고 하지만 말 그대로 도움이다.

내가 뭘 잘못했나? 아이한테 문제가 생긴 건가? 처음에는 매우 당황스러웠지만 이리저리 검색해본 결과, 엄마 아빠의 관심이 부족한 아이들의 특징임을 알았다. 바로 반성하고 힘들었지만 눈을 자주 마주치고 더 많이 안아주고 놀아주었다. 거짓말처럼 아이가 다시 착하고 순한 아이로 돌아옴을 느꼈다. 먹고 자고 싸는 것 외에 처음으로 관계로 인해 아이가 감정을 표출하는 순간이 이 나이 때쯤이란 사실을 알았다. 아이는 바르게 성장하고 있는 것이었다.

간신히 큰 산을 넘겼다 싶었다. 그리고 너무 귀여운 5살, 6살때를 행복하게 보내고 있었다. 나와 같이 방법을 찾지 못하거나, 방법을 알아도 부부간의 관계라든가 다른 이유로 아이에게 해답을 주지 못하는 가정은 그 미운 4살의 행동이 계속 이어지거나 더 나쁘게 되는 상황이 오게 될 수도 있다. 어쩔 수 없이 사람은, 그리고 아직 표현 방법이 서투른 아기들은 그렇게 말 대신 행동으로 자신의 불편한 마음을 나타낸다.

그리고 어느 날 아이가 갑자기 반항을 시작한다. 7살이래도 내 눈에는 아가고 쪼끄만 아이가 또박또박 자기 의견을 얘기하며 반항을 한다. 아니라고 하고, 싫다고 하고, 깜짝 놀랄 만하게 소리를 지르기도 한다.

또 나는 생각했다. 아니, 우리 착하고 이쁜 아가 어디 갔지? 왜 이러지? 그때 역시 처음에는 예전에 듣던 밉다 못해 어쩌고 싶은 7살 그런 건 생각도 나지 않았다. 그저 당황하고, 같이 아이에게 소리 지르며 벌을 세우고, 머리를 쥐어뜯으며 왜, 왜, 왜 저래 저 아이 하고 괴로워만 했다.

날이 가도 나아질 줄 모르고 점점 더 심해지고 나는 점점 더 화가 났다. 이 아이의 버릇을 단단히 고쳐놔야 한다는 부모의 자세로 목소리는 더 커지고 단호하게 아이를 혼냈다. 전혀 나아지지 않았다.

그러다가 문득 왜 하나같이 모두 다 특히 4살과 7살에 이런 문제를 겪을까 궁금해졌다. 그리고 생각났다. 이거 중2병 같은 거 아닐까? 갱

년기와 사춘기는 엄청 조심하고 주변에서 이해해줘야 하고, 그것은 호르몬의 문제기 때문에 어쩔 수 없는 일이라며 주변에서 도와주고 이해해주어야 한다고 하는데 거의 모두가 아이가 7살이 될 무렵 그런 일을 겪는다면 이것도 내 아이의 문제가 아니리라 생각이 들었다.

이 아이가 못돼진 것도 아니고 일부러 그러는 것도 아니리라. 내가 잘못 가르쳐서도 아니고, 아이가 잘못 성장해서도 아니리라. 당연한 시기일 수 있겠다.

어느 날 아이에게 조심스럽게 물어봤다. "아가, 요즘 네가 나에게 함부로 대하는 거 같고, 소리 지르고, 말도 안 듣는 것 같고 그런데, 엄마는 너무 속상해, 근데 엄마가 생각하기에 네가 일부러 그러는 것 같지는 않아. 왜냐면 태윤이는 엄마를 너무 사랑하잖아." 그랬더니 아이가 머쓱하게 고개를 끄덕끄덕했다. "너의 생각이 많이 커지고 네가 하고 싶은 것도 있는데 엄마가 자꾸 안 된다고 하고 하지 말라고 하고 엄마의 뜻대로 지시를 하니까 화가 나는 거지? 그리고 너도 모르게 너의 의지와 상관없이 화가 더 많이 나고 소리를 지르는 거지?" 했더니 역시 고개를 끄덕인다. "엄마에게 시간을 줘. 엄마가 한 달이든 두 달이든 참아볼게. 네가 괜찮아질 때까지. 네가 어떤 행동을 해도 나는 화를 안 낼 거야. 안 된다는 얘기도 안 할 거야. 잔소리도 안 할게. 엄마가 한번 해볼게. 너를 위해서. 엄마가 두 달까지 참아보고 노력해볼게. 혹시 그전에라도 네가 화가 덜 나고 너의 맘속에 변화가 생기면 먼저 말해줄래?" 했더니, 아주 뭔가 되게 안정된 표정의 아이가 알았다고 대답했다.

나는 첨엔 좀 힘들었지만 약속대로 참고 많이 웃어주었다. 내가 아무 말 안 하니 아이랑 싸울 일도 많이 줄어들었다. 한 보름 지났나, 아이가 어느 날 나에게 오더니 '엄마, 이제 참지 마. 나 이제 괜찮아졌어. 기다려줘서 고마워, 엄마.' 이러는 거다. 아, 되는구나. 이게 통하다니. 꼭 안아주고 고맙다고 했다. 그 후 우리 관계는 엄청 좋아졌다.

그 후로 1년마다 비슷한 일이 반복되기도 했지만, 그렇게 같은 방법으로 서로 이해하고 참아주며 더 빠르게 극복했다. 아이는 이제 안 것 같았다. 엄마가 엄마의 의견만 주장하지 않고 자기를 믿어주며 자기 이야기를 들어준다는 것을.

아이 때문에 힘이 빠지고 지치면 부부 싸움도 잦아지고 아이의 웃는 모습을 보는 일도 줄어들어 힘이 빠져서 바깥일도 잘 안된다. 가화만사성, 집안에서의 아이든 어른이든 서로의 관계에 대해 풀어가는 것도 생존 방법이 아닌가 싶다.

9. 넘어야 할 벽

넘지 못할 큰 벽을 만났을 때

내가 처음 크게 성장했다고 느낀 그 순간과 넘지 못할 큰 벽을 만났을 때는 동일한 시점이다.

늘 이게 말이 돼? 이걸 어떻게 해? 미친 거 아닌가, 이런 걸 지시하다니. 보통 이런 업무를 받았을 때 크게 한번 성장하는 느낌을 갖게 된다.

보통 업무를 할 때는 좀 힘들지만 내가 할 수 있는 한계점 아래에 있다는 생각이 들고 음, 힘들었지만 잘해냈어. 이번 업무도 무사히 잘 마쳤군. 이 정도의 느낌이라면 이 사장님들이 무슨 생각으로 이런 업무를 시킬까? 무조건 시키면 다야? 내가 이걸 할 줄 알았으면 여기 있겠어? 하고 속으로 백 번 천 번 욕을 하면서 하는 일들이 있었다.

생각해보면 사람의 몸은 어떻게서든 그 환경에 적응하는 것 같다. 특히 젊었을 때는 더 그랬던 것 같다. 그 젊은 몸이 겉만 20대고 몸 나이는 40대 50대가 되어가는 줄도 모르고 몸을 혹사시키며 일해도 다음 날 술도 마시고, 노래방에서 몸도 흔들어댈 수 있을 만큼 에너지가 차 있었다. 죽을 것 같아도 다음 날 거뜬히와 간신히 그 어느 사이에서 몸을 일으키고 밖으로 나가면 또 괜찮았다.

고난의 행군 이야기는 다른 장에서 얘기해보고, 이번 장에서는 넘지 못할 큰 벽을 때려눕히고 그 벽을 다리 삼아 건너편으로 개선장군처럼 걸어가서(게임으로 치면 어려운 전설 스테이지에서 수없이 패하고 간신히 이겨 다음 스테이지로 넘어간 그런 느낌) 진짜 할 수 없는 것은 없는 것인가? 내가 이걸 해내다니. 이 공을 나한테 돌려야 하나? 아니면 이걸 시킨 사장님께 돌려야 하나 살짝 헷갈렸던 그 이야기를 해보겠다.

전 회사에서 그저 내가 맡은 업무를 꽤 잘해내고 있을 때 받지 말았어야 했던 사장님의 관심을 받게 됐다. 혼자 남아 야근을 하고 있을 때 눈에 띄었던 것인지, 어쨌든 나를 택하신 느낌이 들었다. 갑자기 완구 역사와 자신이 밟아온 회사가 온 길, 제품들이 어떻게 만들어지는지 디테일한 교육을 해주시기 시작했다. 나는 호기심이 많은지라 내가 관련된 분야든 아니든 간에 배우고 익히는 걸 좋아한다. 그 시간은 나쁘지 않았다.

그런 교육이 있은 후, 내가 보인 반응이 싫지 않으셨는지 내가 아주 열심히 일하고 싶어 한다고 착각(?)하셨는지 아니면 나에게서 무한한 가능성을 보셨는지 말도 안 되는 일을 시키기 시작하셨다.

우리 회사는 당시에도 쇼핑몰 상세페이지를 잘 만드는 걸로 유명했다. 완구 쪽 카테고리에서 오프라인 판매만 하시던 분들이나 중간 밴더들은 그런 쪽에 그리 관심이 없었지만, 사장님은 일찍이 온라인 쇼펑몰에서 그 페이지의 중요성을 아시고 더, 더, 더 그리고 다르게, 말도 안 되게 잘 만들어야 한다고 생각하셨다. 물론 나도 동감하는 바이다.

하지만, 그 일을 잘하는 데는 어느 정도 능력치와 수준이라는 게 있지 않을까? 사장님은 애플 아이폰 광고 페이지를 보시며, 이 정도는 해야 한다고 말씀하셨다. 아… '할많하않'은 이럴 때 쓰나? 아니, 지금은 말하고도 남겠지만, 그때는 난 사장님과 갭 차이가 많이 났던, 그냥 그런 과장 나부래기였다. 네! 정도 할 수 있는.

아이폰 광고는 아마도 잘은 모르지만 대단한 미대, 마케팅대학, 혹은 유학자들이 입사한 대형 광고사들이 경쟁을 해서 따낸 광고 아닐까? 그렇게 대단한 사람들이 만든 광고와 같은 수준으로, 중소기업 그것도 작은(그때 당시는 정말 작았다) 회사의 웹디자이너와, 디자인에 대해 아무것도 모르는 역사학부를 졸업한 최모 씨가 만들 수 있는 건 아니라고 확신했다. 지금도 그렇긴 하다.

영업부였던 나는 웹디자이너 한 명과 팀이 되어 상세페이지 작업을 한다. 촬영부터 기획, 제작까지. 놀이방 매트 그것도 당시에는 뽀로로 왕국이라 뽀로로와 친구들로 가득한, 컬러도 온갖 색상이 다 들어간 알롤달록한 캐릭터 놀이방 매트가 대 인기였다. 아니, 다른 것은 아예 팔리지 않았다. 다른 매트는 나뭇결 모양의 매트였고 그런 것들은 시골 할아버지 할머니 댁 마루에 깔리는 용도로 잘 팔리긴 했다.

사장님이 만들어 오신 매트는 아이들이 잘 모르는 커다란 둘리 한 마리가 꽉 차 있는, 앞은 연두색 둘리이고 뒷면은 오렌지색 둘리의 단

색 컬러 매트였다. 사람의 사고는 생각보다 그렇게 한 번에 번뜩이지 않는다. 아마 지금 그 매트 두 개를 나란히 놓고 본다면 모두 둘리의 손을 들어줄 것이다. 하지만 당시엔 안 그랬다. 1980년대 후반 뜨겁게 패션계를 강타했던, 허리까지 오는 하이웨스트에 돌청 스노우진 청바지가 바로 몇 년 뒤 그렇게 홀대받을 줄 누가 알았을까.

바로 그런 디자인의 매트였다. 우리 눈은 트렌드에 그렇게 익어간다.

바로 욕이 나왔다. 장난하나. 이걸 어떻게 팔라고. 최선을 다해 상세페이지를 작업했다. 계속 다시 하라고 하셨다. 하나의 상세페이지를 제작하려면, 그냥 해도 며칠 걸리지만 거기에 매번 다른 마케팅 요소를 넣어야 한다면 일주일 이상 걸리는 작업이다. 생각하고 기획하고 다시 처음부터 디자인하고, 그 당시 그 작업을 맡았던 디자이너와 나는 점점 몰골이 피폐해져갔고, 머릿속은 풀 수 없는 실타래처럼 엉켜버렸다. 그냥 불가능하다고 생각했고, 미쳐버린 사장이 우리를 괴롭힌다고 생각했다.

어느 정도면 물러서서 다음 작업으로 넘어가고 포기하실 거라는 나의 생각은 절대로 맞지 않았다.

끝이 안 났다. 더 생각해봐. 이게 정답이야? 이게 최선이야? 가끔 전보다는 좋아졌네. 하지만 아직 아니야. 다시 더 해봐. 아직 아니야. 으악!

이 작품을 끝으로 퇴사해야겠다고 생각했다. 나도 오기가 생겼다. 여기서 퇴사하면 안 돼, 퇴사할 거야. 난 저 인간(사장님이란 존칭어를 쓸 수 있는 상태가 아니었다)이랑 같이 일 못 해. 근데 이건 내가 해내고야 말겠어. 그리고 퇴사하는 거야.

제일 잘 팔리는 상품에 들어가 후기를 열었다. 분명히 불만을 가진 사람이 있을 거야. 거기에 답이 있을 거야. 한 명은 있겠지. 별 다섯 개 너무 좋아요, 두 개 세 개 사고 친정집에도 깔고 시댁에도 깔았어요. 최고예요. 아이가 너무 좋아해요. 층간 소음 걱정이 없어요 하는 칭찬 세례를 받고 있는 틈 속에서 눈에 불을 켜고 단 한 개도 놓치지 않을 거라는 신념을 가지고 후기를 한 개도 빠지지 않고 읽었다. 좋은 이유는 다 알겠다고, 몇 개나 읽었을까. 몇백 개였는지, 몇천 개였는지 지금은 잘 기억은 안 나지만 읽으면서 옆에 엑셀 페이지를 열어놓고 좋은 이유를 사유별로 분류했다. 어떤 점을 가장 좋아하는지, 왜 사는지, 몇 개나 사는지. 이왕 보는 거 다음 상품 개발을 위해, 고객들의 니즈를 차례로 열거해나가고 분류했다.

그러다 유레카! 아, 이럴 때 유레카를 쓰는구나. 하나 나왔다. 엄마의 후기. 아이 장난감이나 블럭이 놀이방 매트 위에 있는데 구분이 안 돼서 밟아서 다쳤다. 정말 온몸에 전류가 흘렀다.

그리고 그런 비슷한 후기들을 몇 개 더 발견할 수 있었다. 계속 보다 보면 눈이 아파요. 눈이 아프다는 후기는 꽤 많았다. 그 외에는 없었다. 하지만 충분했다.

논문을 찾았다. 컬러가 아이에게 주는 영향력이 있을 거야. 뒤지다 보니 홍대 미대생(구세주, 귀인) 님의 논문을 찾았다. 진한 원색보다 파스텔 톤의 컬러가 유아기에 더 좋다는 사실. 어떻게 더 좋은지 지금은 생각이 잘 안 난다. 어쨌든 그래프가 있었고, 파스텔 톤이 유아에게 더 좋아서 유럽에서는 유아 제품에 파스텔 톤을 더 많이 쓴다는 논문이었다.

우리 제품에게 매우 유리한 안 좋은 후기와 논문 한 단락. 바로 우리 매트와, 가장 인기 있는 매트와 비슷한 우리가 가지고 있던 다른 매트 위에 장난감을 마구 뿌려놓은 사진과 그 위에 누워 있는 아기. 그리고 그 위에서 책을 보는 아기까지 세 장의 사진 그리고 논문 그래프 사진과 출처를 상세페이지에 담았다. 주제는 편안함, 안락함, 아이 정서에 도움이 되는 아이의 공간이었다.

누가 봐도, 복잡하고 정신없는 매트 위에서 같은 컬러의 블록을 가지고 노는 아이의 사진, 그 위에서 책을 보는 아이는 시각적으로 매우 불안하고 산만해 보였다.

반면, 우리가 판매하는 둘리 몸체 외에 거의 아무 무늬가 없는 파스텔 톤의 잔잔하고 따스한 매트 위의 아이는 사랑스러웠고, 책을 보는 사진도 집중력을 높여주는 것처럼 보였으며 실제로도 그랬으리라. 그리고, 그 위에서 곤히 잠든 아기도 사랑스러웠다.

이 작업은 성공적이었다. 매트 판매율이 올라가고, 사장님은 그 상세페이지를 보고서가 아니라 매출을 보고서야 작업 중단을 지시하셨다. 물론 그 당시로는 말도 안 됐던 그 매트를 판매한 후 의기양양해져 퇴사하려는 마음은 싹 사라졌다. 대신 내 마음속에는 해답을 찾는 노하우와 절대 안 될 것 같은 일 앞에서 좌절하지 않아도 된다는 성공 노하우가 자리잡았다.

이것이 첫 번째 내 성공 노하우이며, 나는 이 사건 이전과 이후의 최윤회로 나누어 생각할 수 있다고 해도 과언이 아니었다. 그 큰 벽을 무너트린 후, 나에겐 웬만해선 어려운 일 앞에 바로 좌절하지 않는 매우 좋은 습관이 생겼다. 실제로도 그 이후의 많은 고난을 그렇게 하나씩 헤쳐나갔다.

신입 때부터 시작된 고난의 행군

앞서 업무에 대한 고난에 대해 얘기했다면, 이번에는 최악의 회사 시스템 속에서 좌충우돌하는 신입사원 시절 고난의 행군에 대해 얘기해보겠다. 그리고 그 고난의 행군은 군대처럼 2년에서 3년까지는 버텨야 그다음 회사로 이직이 쉽기에 꼭 견뎌야만 하는 시기라는 것에 대해서 말이다.

아, 때는 2000년 가을이었던가. 일 년 가까이 이력서를 넣고 면접을 보고, 결국 나는 나 스스로 자립을 못 한 채 아빠 찬스를 얻어 아빠의 친구 회사인 중소기업에 신입 직원으로 입사했다. 회사의 첫인상은 희망이라고는 전혀 보이지 않는 우울함 가득한 느낌이랄까? 내가 가릴 것이 있었던가. 여기서 뭐라도 배워 나가자. 2년 이상만 버티자하는 마음이었다.

나를 호되게 2년간 훈련시켰던 상무님이 그때 나의 면접자였다. 약간 비웃는 어조로 웃으시면서 나의 이력서를 보면서 질문했던 기억이 난다. 어학연수는 부모님 돈으로 갔다 왔나? 뭐 이런. 여기는 사무 업무 외에 물류창고도 가는데, 갈 수 있나? 휴무는 없고 빨간 날도 나와야 하고, 크리스마스도 없고, 일요일만 쉬는데, 할 수 있나? 야근도 있을 수 있고, 수당은 없고, 연차도 없는데 다닐 수 있나? 네. 네. 네. 네. 아니면 어쩔 건데. 여기가 내가 들어갈 수 있는 문 하나니까 그냥 빨리 보내줘. 다 할게.

생각해보면, 지금 내가 회사에서 직원을 뽑을 때 어떻게 해서든 경력자를 뽑으려 하는 나와 모든 팀장들의 마음을 봤을 때, 아 그래, 신입사원을 뽑아서 일을 가르친다는 것은 시간도 회사의 인원도 여유가 많은 데서나 가능한 일이구나 싶다.

그렇게 들어간 회사에서 나는 어리버리 직원이었다. 지금이야 자격증도 많이 따고 인턴도 하고 미리 회사에서 하는 엑셀이나 프로그램들도 익혀 들어간다지만, 다행인지 불행인지 우리 때만 해도 그냥 졸업하고 회사에 별다른 공부 없이 들어갔었다. 특별한 경우가 아니면, 그러니 내가 무얼 할 수 있었을까? 그나마 배웠던 PPT는 유통 회사의 영업관리 말단은 사용할 일이 없는 프로그램이었다.

처음에는 회사에서 쓰는 프로그램에 매출을 입력하고, 엑셀로 팀의 매출 매입, 상사가 원하는 그때그때 필요한 문서를 작성하는 일, 그리고 수많은 전화, 전화는 주로 물건이 판매되는 홈쇼핑과 택배 배달원의 전화 문의 그리고 고객들의 전화였다. 홈쇼핑에서 물건이 하루에 3,000개도 넘게 나가는 인기 브랜드 제품을 많이 가진 회사였기에 전화는 한 번에 한 사람당 대기가 5개 이상은 기본이었고, 그 당시는 택배가 전산화가 되어 있지 않아 수기 작업을 해야 했으며, 관리부 사무실 온 바닥과 책상 위는 택배 송장으로 덮여 있었다.

그렇게 정신 못 차리며 친절하지 않은 선배들의 싸늘하고 짜증 섞인 가르침을 받아가며 아, 이것이 사회의 쓴맛이구나 할 때 상무님은 나를 더 단단히 가르치려고 작정을 하셨기에 엑셀 문서 지시를 많이 하셨다. 지금은 상상도 할 수 없는, 엄청나게 상처받는 멘트와 함께 A4용지를 내 얼굴로 날리셨다.

강력한 선배들의 정신교육 탓인지, 나는 쑥쑥 성장하긴 했다. 당시는 홈쇼핑 초창기였는데, 그 회사는 제대로 홈쇼핑 배에 올라타서 노를 젓는 정도가 아니라 고속 엔진을 달고 그 위에 돈을 가득 싣고 달리고 달렸다. 워낙 인기 있는 주방 수입 용품들이었다. 거의 신혼 필수품이었고, 집에 없으면 안 되는 제품들이었다. 홈쇼핑 방송만 하면 수천 개가 팔렸고, 각 홈쇼핑사에서는 우리를 모시려고 난리가 났다.

우리 회사는 홈쇼핑, 백화점, 재래시장으로 팀이 나뉘어 있었는데 나는 홈쇼핑 팀이었고, 아마 내가 그다음 회사로 MD직을 선택한 가장 큰 발판이 됐으며, 온라인이 이렇게 성장할지 몰랐던 그때에 나도 운 좋게 첫차를 잘 탔던 셈이다.

어쨌든 너무 잘 팔리는 탓에 사장님은 하루 종일 고된 일을 마친 사무실 직원들을 7시에 차에 태워 김포 물류로 데려가셨고, 야근 수당 이런 건 생각도 할 수 없는 그 시기에 새벽까지 포장 업무를 시키셨다. 평소에도 몇 명씩 추출하여 김포 물류에서 포장 작업을 하는 건 그냥 일상이었다. 난 그때 박싱 작업과 '까대기(박스를 내리거나 쌓거나 하는 작업)'를 제대로 배워 그 후에도 아주 잘 써먹었다. 배우지 말아야 할 거라고 생각했다. 그런 업무가 있고 잘 굴러가지 않으면 누가 시키지 않아도 달려가 포장을 했으니 몸에 밴 일은 무섭다.

그렇게 일을 했으니 온몸이 두들겨 맞은 것 같고, 천근만근 같은 몸을 이끌고 쉬는 날 없는 출근을 이어가다가 2년을 버티고 그만뒀다. 사실 회사는 거기서 거기다. 그다음 회사에서도 기록적인 업무 과다한 일을 했으니. 하지만, 회사 분위기도 중요하다. 아마 첫 회사가 그렇게 힘들었어도 분위기가 좋았다면 난 더 오래 일했을 수도 있다. 직원들은 침묵했고, 사무실은 회사에 대한 원망으로 악귀가 끼어 있는 것처럼 어두웠다. 그 분위기가 나를 숨 막히게 했고, 퇴사 이유는 그거였다. 왜 쓸 만해지니 퇴사하냐는 상무님의 질문에, 상무님께 솔직히 말씀드렸다. 일이 힘든 것은 참을 수 있는데, 숨도 쉬기 힘든 회사 분위기가 힘든데 그 이유는 사무실 직원들을 틈만 나면 물류로 끌고 가시니 직원들의 불만이 하늘을 찔러, 능력 있는 직원은 회사를 다 떠나버리고, 남는 직원들은 저도 잘 모르겠습니다. 정말 놀랍게도, 퇴사 후 친했던 동료들에게 들은 이야기는 사무실 직원들의 물류 택배 업무가 사라졌다는 것이다. 오, 희망이 있는 회사였네.

그다음 고통의 업무는 최대한 요약해보겠다. 두 번째 회사는 신규 사업을 진행 중이었는데, 쇼핑몰을 운영하고 싶은 일반 사람들에게 쇼핑몰을 다 만들어주고 상품도 넣어주고 만들어주어 분양하는 식의 사업이었다. 나는 MD였지만 외주팀 외엔 혼자였고, 등록해야 할 상품이 너무 많아 하루에 상품을 300개씩 잠도 안 자고 날짜를 맞춰 등록을 했으며, 잠깐 씻으러 새벽에 집을 다녀오기도 했다. 그리고 그 정도의 업체를 만나 계약을 해야 했기에 하루에 몇십 명의 업체 사장을 만나(그때 내 나이 고작 27살) 설득하고 계약서의 도장을 받아내는 일을 했다. 지금 생각하면 그게 어떻게 가능했는지 모르겠다.

그다음으로 힘들었던 회사를 생각하면 유기농 회사였는데, 오프라인만 활성화되고 온라인은 매출이 거의 없어 하루 10개도 안 팔리던 쇼핑몰을 맡아 운영하여 유기농 쇼핑몰 1위 검색어를 만들었던 일이다. 오배송이 너무 심하게 나서 직접 택배까지 하며 밤새 냉동창고에서 포장을 했고, 비는 품목이 많아서 숱하게 고객께 전화해 죄송하다고 해야 했으며, 해를 보고 퇴근한 적이 없어서 저녁에 반주로 매운 고추와 소주, 청국장을 먹으며 노동주에 취해서 일했던 기억이 있다.

그랬다. 젊은 날에는 머리보다 몸이 고되었다. 명함과 회사 상품리스트를 들고 처음 가는 회사에 들어가 영업을 하며 푸대접을 받았던 경험도 문득 떠오른다.

그렇게 많은 경험을 하면서 정말 세상에서 먹고사는 고됨에 대해 느꼈다. 아니다. 솔직히 얘기하면 먹고사는 일에 대한 고됨은 지금에서야 느끼는 것이고, 그때는 사람은 당연히 일을 해야 하고 모든 일이 이렇게 힘드니 그냥 생각 없이 내 앞에 주어진 일을 열심히 하고, 친구들과 술 한잔하며 하루를 털고 또 다른 하루를 시작하며, 이런 일은 그냥 모든 살아 있는 사람에게 주어진 숙명이라고 생각하고 일을 그만둔다는 생각이 아예 없었기에 더 다른 생각 안 하고 그냥 버텼던 것 같다. 다른 길이 없었기에.

하지만 어느 정도 성장하고 많은 길이 보이고, 연봉과 직급이 올라가자 나는 수없이 흔들렸다. 업무에 대한 고민보다 인생에 대한 고민을 하기 시작했고, 정말 이렇게 사는 것이 맞나 하는 배부른 고민들이 시작되자 회사에 남아 있기 힘들어졌다.

가끔 누군가 물어본다. 인생에서 가장 행복했던 때로 돌아갈 수 있다면 가겠냐고. 나는 항상 NO라고 대답한다. 그때로 가면 다시 그 험한 길을 겪고 다시 지금으로 와야 하지 않나. 어떻게 견딘 세월인데. 그런데, 행복했던 때는 말고, 그냥 열심히 아무 생각 없이 일하며 건강했던 젊은 날, 그래 힘들지만 즐거웠기에(젊음도, 사랑도, 열정도) 다시 돌아가는 거? 괜찮을 수도 있겠다는 생각을 오늘 처음 해본다.

지금 이 글을 읽는 여러분이 어떤 시기쯤에 있는지 모르지만, 우리에게 과거란 그런 것 같다. 아무리 힘들어도 매 순간 자기 선에서 최선의 선택을 하고 열심히 산다면, 우리는 그런 힘든 과거마저도 후회 없이 추억할 수 있을 것이다.

10. 실제 고민과 대답

고민 1

저의 고민은 일을 잘하고 있는 게 맞는 건가 하는 고민입니다. 아무래도 영업직이다 보니 항상 매출이 잘 나오는 결과가 아니기 때문에 잘 안 나올 때에는 이게 내 적성에 정말 맞는 건가, 잘하고 있는 건가 하는 의문도 듭니다.

그리고, 경력 6년 차에 접어들고 있는데 평생 이 영업직을 할 수 있을까 하는 고민도 있습니다! 고인 물처럼 도태되는 것 같은 걱정에 유튜브 영상도 찾아보고 스스로 쇼핑 채널 구좌도 많이 찾아보지만 무언가 크게 깨닫는 건 없는 것 같아서요. 심각한 고민은 아니지만 누구나 직장인이라면 한 번쯤 고민해볼 문제들인데 시간이 지날수록 깊어지는 고민들이라서 메일을 보내봅니다.

이 질문은 내가 다니던 회사의 한 직원이 보낸 고민이다. 내가 내 유튜브에서 직장인 고민 사연 콘텐츠를 다뤄보려고 부탁했었는데, 의외로 매우 진지한 고민을 하고 있었던 때였나 보다. 진심으로 고민스러운 마음이 와닿았다. 매출이 상승 기류를 타고 일이 술술 풀려도 직장인들은 2년마다 슬럼프가 온다고 하지 않나. 내 길이 맞나 하는 매너리즘에 빠져서, 그게 그 일 같고 저것도 그 일 같고 그냥 로보트처럼 움직이게 되면 세상 재미없는 인생처럼 느껴져서 일탈을 꾀하기도 한다.

하물며 매출이 하강세이고, 노력해도 안 되는 것 같을 때는 더더욱 아, 내가 맞는 길을 선택한 건가? 내가 잘못해서 매출이 하락한 것은 아닐까, 나는 이 일을 언제까지 해야 하는 걸까 하며 정말 매일이 우울할 수 있다. 그렇지 않은 사람이 있다면, 정말 그냥 될 대로 돼라, 나는 월급만 받으면 된다 할 것이다.

난 이 직원을 잘 알고 있다. 진짜 긍정적이며 진취적이며 매우 똑똑하고 일을 잘하는 친구다. 면접 때 홀딱 반해버린, 눈이 반짝이던 친구였다. 여러 가지 어려운 질문을 던졌으나 90점에 가까운 영리한 대답을 했으며, 성격도 좋아 우리 팀에 활력소가 될 거라 확신하여 빨리 연락해서 오라고 한 친구다.

난 이 친구가 영업직에 매우 적성이 맞다고 생각한다. 이유는 영업직은 여러분이 생각하는 그런 고리타분한 물건 파는 일이 아니기 때문이다. 요즘 같은 시대에 영업이란, 시장 상황을 파악하여 현실에 반영할 수 있는 매우 인문학적인 사고, 센스 있는 커뮤니케이션 능력, 나의 상품을 고객에게 매료시킬 수 있는 마케팅 능력 등 많은 자질을 요구한다. 그래서 사실 영업부 직원을 뽑을 때, 인재를 찾기가 이전보다 10배 정도는 어렵다.

이 친구는 매우 젊다. 6년 차, 길다면 길지만 영업마케팅팀에서는 이제 막 '아 이게 영업이구나' 하고 간신히 알았을 정도의 연차이다. 그리고 이 친구는 도태되지 않기 위해서 유튜브도 많이 찾아본다고 했고(아마도 당장 영업 실적을 올릴 수 있는 방법을 찾아보았으리라) 쇼핑 채널 구좌도 많이 찾아보는데 크게 깨닫는 게 없다고 한다. 너무 당연한 일인데 그게 고민이라 한다. 너무도 당연히, 그 나이 때 그 경력 차에는 그럴 수 있다. 나도 그랬고, 누구나 그럴 것이다.

나는 조급해하지 말라고 했다. 너무 잘하고 있다고, 대신 유튜브를 보더라도 당장 문제를 해결할 수 있는 채널보다는 이미 성공한 많은 사례들을 차근히 보며 다양한 성공 노하우들을 경험해보라고 말해주었다. 책을 많이 보라고 했다. 차곡차곡 그 친구한테 쌓여서 자기도 모르는 새 자기가 실전에서 하는 일에 더해 자기 머릿속에 자리 잡은 지식들이 좋은 대답을 하는 프로로 만들어줄 것이다.

6년 차는 지금까지는 그 일에 어느 정도 익숙해져 모든 일을 알게 된 수준이라면, 이제부터는 이 업계에서 나만의 게이지를 쌓아가야 할 때다. 내가 남보다 잘하는 무언가를 찾아내기 위해 나를 단단히 만들어가는 시기다. 항상 업무 능력은 내가 노력한 3개월 후에 발생된다. 지금 무언가를 노력했는데 결과가 안 나온다고 고민하지 말고, 아니, 고민은 되겠지만 참고 계속 해보자. 6개월 후에, 1년 후에, 2년 후에 달라질 나의 모습에 집중해서 지금은 나를 프로로 만드는 나만의 브랜드를 공고히 하는 시간이라고 생각하자. 그러면 좀 더 고민이 분산될 것이다. 당장의 매출 상승과 하락이 주는 재미와 고통보다, 조금 더 발전한 다른 재미와 고민이 생길 것이다.

한 단계 나아가보자. 시선을 멀리 확대해서 보자. 몇 년 뒤의 멋진 당신이 너무 기대된다. 그땐 나도 당신만큼 또 성장해 있을게.

고민 2

큰 고민 없이 회사를 다니는 사람입니다. 회사에는 배울 사람이 있어야 한다고 생각합니다. 하지만 지금 한 분은 퇴사하고 한 분만 계십니다.

그래서 제가 그런 사람이 되려고 노력합니다. 그러려고 하니 고민되는 부분이 생겼습니다. 어느 한 직원 때문에 팀 내 분위기가 안 좋아지는 것 같습니다.

그 사람은 팀 내에 영향을 주고, 같이 일하면 시너지가 발생하나 의견을 잘 받아들이지 않습니다. 거의 반은 자거나 다른 행동을 하거나 다른 사람의 험담을 합니다. 이런 행동들이 팀 내 다른 직원들의 사기를 떨어트립니다.

두 번째 받은 고민이다. 직장인이며 익명의 제보자이다. 위의 내용 외에도 이분의 고민은 매우 길었다. 개인 사정으로 다 적을 수 없음을 이해 바라며, 나의 솔루션을 말해보겠다.

일단 고민의 취지는, 지금 회사의 어려운 부분을 살려보려는 것이다. 자기는 죽을힘을 다해 일하고 있는데, 그 직원 때문에 더 잘할 수 있는 부분들에 손해가 끼쳐지는 부분이 화가 나고 이럴 수도 저럴 수도 없는 이 상황을 어떻게 타개해야 하냐는 것이다.

　나의 첫 번째 솔루션은, 그냥 두라는 것이다. 그런 사람의 행보는 본인만 보고 있지 않을 것이다. 팀장도 보고, 보통 중소기업에서 그런 소문은 금방 퍼진다. 아마 이미 경영진까지 전부 알고 있을 수도 있다. 어느 순간 그 사람에겐 그의 행적에 맞는 처분이 내려질 것이다.

　두 번째 솔루션은, 나는 그 사람과 좀 더 친해지기를 바란다. 고민 내용을 다 보여드렸지만 그와 그는 어느 정도 팀을 이루고 일하고 있으며 사이가 나쁘지는 않다고 한다. 나는 보통 이런 경우에 술을 한잔하든 따로 회의실을 잡아서 진심 어린 나의 힘듦과 고민을 얘기할 것이다. 지금 회사도 어렵고 매출이 떨어지니 내가 지금 너무 힘들고 팀원을 하나로 모아 지금 상황을 타개해야 하는데, 당신이 좀 도와달라, 업무 특성상 자유로운 것은 알겠지만 지금은 도와주어야 할 때다, 이런저런 면이 다른 직원들에게 영향 가는 것이 걱정이 된다, 도와달라. 난 시도해볼 만한 일이라는 생각이 든다. 한 번쯤은.

　세 번째 솔루션은, 사실 이게 내가 가장 많이 썼던 방법인데, 그냥 내 일만 열심히 하자. 본질을 절대 잊으면 안 된다. 나는 회사를 다니는 동안 매 순간 어려움을 겪고 있고, 그것을 풀어나가야 하며 업그레이드되도록 노력해야 한다. 나 자신에게 집중하고, 내가 맡은 일에 집중하면 다른 일은 사실 보이지도 않고, 신경 쓸 겨를도 없다. 지금은 그 사람 하나지만 그 사람이 없어진다고 해도 비슷한 사람은 계속 생겨날 것이다. 고민자가 고민하지 않아도 되는, 완벽한 팀원들로 이루어진 팀은 사는 내내 절대 안 생길 것이라는 데에 나의(걸 게 없네) 무엇이든 걸 수 있다. 완벽한 팀은 내 경험엔 없었다. 나는 그저 늘 감사하고 만족했고, 내가 할 수 있는 일을 했다.

내가 일할 때도 둘씩 따로 노는 연애를 하거나 그냥 둘이 친해 히히덕거리거나, 다른 팀원들 힘 빠지게 하는 상황을 만드는 직원들을 많이 봤지만 정말 모든 팀에 그런 직원은 거의 다 있었고, 전 회사에는 수도 없었고, 그렇게 모두 다른 사람들이 모인 곳이다. 좋아하는 취미가 같아서 모인 것도 아니고, 본인들의 이력과 경제활동을 위해 모인 제각각의 사람들인 것을 한번 신경 쓰기 시작하면 끝이 없다.

그냥 무시하고 내 일만 한다. 그게 회사를 위해서도, 나를 위해서도, 또 그런 당신을 보고 배우는 후배가 있을 것이며, 그런 당신을 든든하게 보는 상사도 생길 것이다. 그렇게 당신은 성장해나갈 것이다.

그래도 내가 이만큼 성장할 수 있었던 이유, 그렇게 매진해서 많은 도전과 성과를 얻을 수 있었던 이유는 월급을 받는 회사에서 정확한 목표를 정해놓고 일했기 때문이다.

내가 나에게 주는 동기부여는 그 어떤 보상보다 나의 능력을 최대치로 끌어올리게 만든다. 그게 흔히들 말하는, 열정이라는 것을 생기게 하기 때문이다.

11. 나는 유튜브 크리에이터다

유튜브 활동의 시작과 현재

아직 성공하지 못한 패션 유튜버의 항해기를 써보자면, 시작은 이랬다.

유튜브 마케팅법을 배우고 싶었다. 나의 지론에 의하면, 해보지 않고 겪어보지 않으면 반도 제대로 알 수 없다. 사업할 때 톡톡히 값을 치르고 배운 것이다.

영업마케팅팀을 이끌며 시대는 빠르게 변하고 트렌드는 더 빠르게 변했다. 네이버, 다음 카페 등의 SNS 망에서 트위터, 페이스북, 인스타그램, 유튜브, 틱톡, 핀터레스트 등등 따라가기 힘들 만큼의 수많은 종류가 생겨났고 각자 본인들에게 맞는 영역에서 로그인하며 온라인에서의 왕래가 시작됐다. 인스타그램이나 유튜브, 틱톡 등은 기업에서 직접 참여하여 마케팅을 하지 않으면 안 되는, 무섭고도 어렵고도 고객에게 친밀하게 또는 멋있게 다가가는 도구가 되었다. 잘 쓰면 대박, 못 쓰면 고객을 만나기 어려워지는 SNS 마케팅 영역에 나도 새로 만날 때마다 어색하고 낯설게 인사하며 발을 담가야 했다.

인스타그램도 회사 때문에 시작했고, 유튜브도 그렇게 시작했다. 실패한 영역은 도무지 내 성격과 맞지 않아 접근조차 힘들었던 트위터와 페이스북이다. 글이 너무 많고, 친구의 친구가 올린 글마저 알람이 울리는데 미칠 지경이었다. 힙합을 좋아하는 내가 타이거JK를 팔로우했다가 밤새 울리는 알람에 바로 트위터를 접어버렸다. 페이스북 역시 관심 없는 사람들의 이야기가 잠깐 새에 수십 개가 내가 볼 수 있는 창에 업로드되면 그걸 따라가다가는 아무 일도 못 할 지경에 이를 것 같아 접어버렸다. 그나마 인스타그램은 사진만 보며 휙휙 넘길 수 있어서, 디자인과 마케팅을 접목시켜야 했던 나에게 매우 많은 레퍼런스와 자료들을 볼 수 있는 보물창고였고, 핀터레스트도 그랬다. 둘은 나에게 정말 재밌는 디자인 책이었으며, 수많은 아이디어들을 떠올리게 해주었다. 빠르게 트렌드를 따라가기에도 적합했다.

유튜브, 그게 문제였다. 보면 뭔지 알겠는데 어떻게 시작해야 할지 아이디어가 생각이 안 났다. 직원들에게 지시했는데, 시작조차 안 하는 모습이다. 이전 마케팅은 다 내가 겪어보고 해본 거라 지시하기 쉬웠는데, 이건 어디서 어떻게 지시를 해야 할 지도 모르겠다. 그냥 답을 찾아오라고 시키는 건 내 스타일이 아니었다.

그래서 카메라를 켰다. 일단 내가 부딪혀보자. 똥인지 된장인지 알아야 지시를 하고 진행 상황이 옳게 가는 건지 잘못된 길을 가는 건지 컨펌도 하고 판단도 할 수 있겠다 싶었다.

처음에는 지금처럼 내가 어떻게 마케팅을 했는지 혼자 사무실에 앉아 주저리주저리 떠들었다.

그러다 나의 영역만으론 부족하겠다 싶어, 지인들에게 부탁을 했다. 다행히 지인이 많았고, 각자 모두 다양한 직업군에 속해 있었다. 난 어릴 때 어떤 직업을 갖고 싶을 때면 그 직업을 가지려면 어떤 노력을 해야 하는지, 무엇부터 시작해야 하는지, 좋아서 하게 됐는지, 우연히 하게 된 건지 많은 호기심을 가지고 있었고, 그런 것을 알려주는 곳이 있으면 좋겠다는 생각을 했었다.

그래서 한 명씩 인터뷰 방식으로 했다. 구독자는 그들의 지인 혹은 내 지인이었고 특별하게 늘지 않았다. 지금 그때 영상을 보면, 태그 키워드조차도 말도 안 되게 써놓았고, 물론 노 편집이었다. 난 사실 편집의 중요성을 매우 잘 알지만, 콘텐츠가 정말 좋다면 노 편집도 괜찮다는 생각은 아직도 가지고 있다. 날것의 무엇을 좋아한달까? 그렇게 회사의 마케팅을 위해서 시작한 내 유튜브는 나를 괴롭혔다. 죽어도 일 년은 해보자는 나와의 약속을 깨기 싫어 묵묵히 이어나갔다. 물론 그 와중에 배우는 것들도 있어 회사 유튜브도 천천히 항해를 시작했다. 영상 편집을 잘하는 피디가 한몫을 제대로 했고, 역시 전문가가 있으니 내 유튜브보다 훨씬 빠른 성장을 했다. 나는 부지런히 팁을 나르는 작업은 할 수 있었다. 그때는 아직 크리에이티브한 일에 대한 재미를 덜 느낄 때였다.

그러다 우리 집이 인테리어를 하게 되고 시댁에서 신세를 지게 되어 잠시 몇 달간 유튜브를 멈추었고, 인테리어가 끝난 우리 집에는 예상치 못하게 유튜브 하기 좋은 공간이 만들어져 있었다. 아, 그래 내가 패션에 관심이 많으니 가지고 있는 옷과 가방, 신발, 액세서리 등을 소개해볼까? 그리고 옷 입는 걸 좋아하니 매일 입은 옷 영상을 올리며 설명을 해보자 하는 생각이 떠올랐다. 그리고 그전 콘텐츠에 비해 빠르게 구독자가 생겼고, 많지는 않으나 매일 구독자가 생기는 것 자체가 신기했다. 댓글이 달릴 때는 하늘을 날 것 같았다. 아, 이렇게 반응이 오긴 오는구나. 그렇게 1년 반이 지나고 아직 1,000명도 되지 않았지만(이 책을 마감했을 때는 넘었을 거라 확신한다) 나름의 팬도 생기고 오랫동안 응원해주시는 인연도 생겼다. 참 감사한 마음이다.

그리고 점점 크리에이티브한 아이디어들이 내 머릿속에서 늘 떠올랐고, 이쁜 옷이나 새로운 브랜드를 보면 소개시켜주고 싶어 안달이나 바로바로 콘텐츠를 만들었다. 아직 나는 매우 많이 부족하다. 특별히 편집 면에서 고민 중이다. 나는 내가 모든 걸 다 하는 것보다 내가 제일 잘하는 것을 하고 내가 부족한 것은 잘하는 사람이 하는 게 맞다는 주의다.

어쨌든 난 그렇게 패션 유튜버가 되었고, 폴리라이프에서 내가 하고 싶은 말들과, 패션 관련된 콘텐츠들을 보여주고 있다. 더 많이 하고 싶던 말들이 너무 기존 컨셉과 안 맞아 '생존 노하우'라는 이 책 제목과 같은 채널을 하나 더 운영하고 있으며, 더 많은 사람들이 보기 원하는 마음에 이렇게 책을 만들고 있다. 결국 나의 목표는 정말 정말 많은 평범한 직원들이 성공하는 것이다. 거창하게 주식이나 부동산 1억 모으기가 아니더라도, 하고 싶은 일을 하면서 직업에 대한 보람과 성취감과 그에 맞는 보수를 가져갈 수 있는 평범한 사람들의 성공 노하우를 최대한 관심이 있는 사람들이 보게 되어 이룰 수 있기를 진정으로 원하는, 그냥 평범한 사람이다.

하고 싶은 것이 있다면, 그 일을 배우고 알고 싶다면, 그냥 내가 카메라를 켰듯이 그렇게 시작해라. 그다음 방향은 카메라가 켜진 이후에 또 알게 될 것이다.

유튜브를 꾸준히 할 수 있었던 이유

나는 유튜버 크리에이터다. 크리에이터라는 말을 굳이 뒤에 붙이는 이유는, 무언가 매일 창조해내고 기획하는 일이 너무 맘에 들어서다.

나는 늘 나의 단점을 이야기할 때 꾸준히 어떤 일을 해내지 못하는 점을 얘기했었다. 진짜 그랬다. 학원도 등록해놓고 며칠 못 가고, 운동도 그렇고, 무슨 일이든 시작하는 건 바로바로 하는 편인데 하다 마는 경우가 허다했다. 그래서 뭘 특히 잘하는 게 없다.

지금도 있는지 모르겠는데 예전에는 이력서나 자기소개서를 쓸 때 취미, 특기를 써야 하는 공간이 있었다. 나는 취미에 음악 듣기, 독서라는 평범한 내용을 썼고 특기에는 좀처럼 쓸 말이 생각나지 않았다. 나중에 다른 일에 엄청 자신이 붙어서 자기소개서란을 가득 채운 후에는, 진심으로 특기란에 '술 먹고 사람들과 빨리 친해지기'를 써볼까도 생각했었다. 정말 그게 진심 나의 특기이다.

그 정도로 할 줄 아는 게 없었던 나, 그렇게 끈기가 없었던 나는 유튜브를 하면서 물을 만난 듯 일주일에 한 개 이상의 콘텐츠를 꾸준히 올려야 한다는 얘기를 들었을 때도 할 수 있을까 했던 일을 매일 하루도 거의 빠짐 없이 콘텐츠를 올렸다. 이제 2년이 되어간다.

구독자 수는 줄기도 하고 거북이처럼 올라가서 아직 1,000명도 안 된다. 아, 이 글을 다 쓰고 책으로 나올 때쯤에는 부디 1,000명은 넘길 바란다(지금은 천 명 넘음).

내가 이 장에서 하고 싶은 말은, 끈기 없던 내가 어떻게 유튜브는 하루도 안 빠지고 하지? 그리고 이제는 한 채널이 아니라 두 채널을 하며 규칙적으로 콘텐츠를 만들고, 그것도 모자라 늘 새로운 채널을 구상하고, 콘텐츠를 올리지 않을 때에도 핸드폰 메모장에, 소파 옆 노트에, 그리고 핸드폰 음성 녹음에 끊임없이 머리에 떠오르는 새로운 내용들을 저장해둘까?

참 놀라운 일이다. 그리고 2년째 하는데 구독자가 하루에 한 명 느는데도 너무 신기하고 재미있다. 어떻게 그 많은 채널 중에 내 것을 발견했으며, 구독 버튼을 누르시게 되었을까. 너무 감사하고 신기하고, 더 잘하고 싶은 생각이 든다.

일단 이 일은 너무 재밌다. 맨 처음에 얘기했듯이 새로운 걸 매일 만들어내고 그것을 채널로 송출해 사람들에게 보여진다는 것이 나에게 엄청난 카타르시스를 느끼게 한다. 그런 성향이었나 보다.

그리고 같이 소통을 해주시는 구독자님들(나는 구독자 애칭을 안 만들었다, 그런 건 너무 나에겐 부끄러운 일이다)의 성향이 너무 나와 잘 맞고 정말 좋은 말씀들을 많이 해주신다. 아, 이렇게 따뜻한 마음을 갖고 계신 분이 이렇게 많다고? 이렇게 재밌고 유쾌하게 소통해주신다고? 이런 사려 깊고 배려심을 가지신 분들이 있다니. 다른 세상을 만난 기분이었다.

나는 친구가 많은 편이다. 그런데 친구는 비슷한 사람들을 만나서 그런가, 아님 '찐친'이어서 그런가, 따뜻한 말보다는 츤데레, 직설적, 뭐랄까 그냥 친구다. 친구들이 건네는 말은 아주 큰일이 있지 않고서는 듣기 힘든 말들을 유튜브를 시작하면서 매일 듣게 되었다. 그 후 나도 나의 셀럽에게 댓글을 다는 나의 말투가 바뀐 것을 느꼈다. 정말 내가 얼마나 애정하는지 느끼게 해주고 싶다는 생각이 들었다. 내가 받은 만큼.

누군가는 그런 댓글은 그냥 지나가는 사람들의 진심이 안 담긴, 실제로 존재하지 않는 허상 같은 거니 그런 데 빠져 있지 말라고 말할지도 모른다. 하지만 나는 진심 어리게 대화를 하다가 실제로 어느 순간 안 보이셔서 궁금하고 그리웠던 구독자도 있다.

하지만 그냥 그 순간순간을 진심으로 대하는 게 좋다. 나는 실제 생활에서 누군가를 대할 때도 항상 그렇듯이 이것이 허상이라 할지라도, 진심으로 느끼고 대할 것이다. 사랑이 변하듯 모든 상황이 변할지라도 지금 이 순간만큼은 진심이리라.

이런 구독자들의 진심 어린 댓글이 또 다른 콘텐츠를 만드는 큰 힘이 된다. 아직 구독자도 별로 없고 댓글도 없는 채널에서도 나는 나의 목소리로 나의 감정과 생각을 말하고 있다. 언젠가 멀리멀리 퍼져서 누군가에게 도움이 되길 바라면서.

12. 모든 것에서, 모든 곳에서 배우자

인문학의 중요성, 경영 경제 전공이 아니라고 쫄지 마라

대부분 대기업에 다니는 영업마케팅 부서는 경영 마케팅 경제 전공의 인재를 뽑는다고 한다. 그래서 인문학부를 나온 나는, 그리고 그마저도 잘 공부하지 못했던 나는 조금은 주눅이 들어있었다. 그걸 바꾼 계기는 어느 날 본 신문 기사였다.

당시 신문에 난 기사는 대기업에서 가장 중요한 TFT팀의 기획팀에서는 인문학부를 나온 인재들을 꼭 한 명 이상 스카우트하거나 채용한다는 것이다. 회사를 경영하고 제품을 마케팅하는 데 숫자보다 중요한 것이 역사를 알고 스토리를 만들 수 있고, 사건의 전후 사정을 판단할 수 있는 사람이 필요하다는 것을 알았기 때문이다.

내가 공부를 열심히 한 건 아니지만, 나는 앞으로 봐도 뒤로 봐도 문과 또는 예술 쪽에 가까운 사람이다. 어? 내가 지금까지 한 판단과 생각들이 맞을 수도 있겠는데? 하는 자신감이 나를 더 성장시켰다.

더 많은 책을 보고, 숫자보다 통찰력을 키웠다. 당시에는 그게 통찰

력인지도 몰랐고, 수많은 지식들이 내 머릿속에 쌓이고, 앞에서도 말했지만 잘나가는 기업 선배들의 사례들은 내가 겪어보지 못하고 겪어볼 수 없는 일들에 대해 다양한 해답을 줄 거라 확신했다. 폭풍같이 질주하며 빠져봤던 많은 책들은 얼마 후 나에게 화답했다. 나도 모르게 정답에 가까운(물론 정답인지는 성과와 매출 증가로 알았다) 아이디어와 판단력이 생겼다. 내 입에서 튀어나오고 내 머리에서 계속 떠올랐다.

나는 역사학부를 나왔는데 나중에 인문학부로 통합되었다는 얘기를 들었고, 내가 배운 것 중 기억하는 것은 거의 없고 단 하나! 과거는 현재와 미래의 거울이라는 것이다. 세상은 변하지만 되풀이된다. 앞으로를 예측하는 데는 과거의 시행착오가 필요할 수 있고, 고전이나 역사가 너무 멀다면 20세기, 19세기, 더 최근으로 오면 몇년 전 혹은 지금 성공하는 기업들의 사례를 보며 나의 사업의 거시적인 시각을 가져야 한다. 인문학은 매우 긴 시간을 다루기 때문에, 오랜 시간 동안 완성된 상업, 유통, 인류의 발전 등에는 비슷한 패턴이 보이게 마련이다.

내가 지금 겪는 일들에 대한 해답을 얻기가 힘들다면 찬찬히 인문학 책을 선택해 호흡을 가다듬고 조급해하지 말고 읽어보기 시작하자. 분명 대답을 얻을 수 있을 것이다.

창의력을 확장시키는 여행

자신이 어느 정도 책도 읽었고, 유튜브든 어떤 방편으로든 많은 정보를 얻었다면 나는 그 후에 여행을 추천한다.

여행이 아니더라도 혼자 조용한 카페나 전시관, 생각을 정리하고 머릿속에 든 생각들이 나도 모르게 다른 환경에서 영감을 받아 밖으로 마구 삐져나올 만한 장소를 추천한다.

매일 같은 방식으로 돌아가는 나의 일상은 창의력이 밖으로 나올 시간을 주지 못한다. 일에 쫓기고 바로바로 다음 해야 할 일들과, 핸드폰의 알림이 그런 창의력 시간을 막는 느낌이다.

사실 나도 한창 바쁠 때는 그런 시간을 가질 생각을 못 하긴 했었다. 나는 차가 없을 때는 늘 지하철을 이용했다. 나에게 창의력이 밖으로 삐져나오는 시간은 지하철로 이동하는 시간, 지하철을 타면서는 핀터레스트를 보거나 게임을 했다. 책 보는 시간도 많았다. 다른 행동을 할 수 없이 한자리에 서서 혹은 앉아서 한 시간가량을 가만히 있는 시간은 지하철 이동 시간밖에 없었다.

또 다른 시간은 샤워하는 시간이었다. 웃픈 일이지만, 내 손에 핸드폰이 없고 온전히 다른 일을 할 수 없이 내 손발을 묶어놓는 시간은 샤워 시간이 유일했다. 그때는 또 내 머릿속에서 잠시도 쉬지 못하고 아이디어들이 밖으로 튀어나왔다.

또 하나의 시간은 걷는 시간이다. 회사를 가기 위한 거리 중 지하철을 사용하지 않는 도보 시간이 나에게 유일한 걷는 시간이었는데, 이

때는 정말 지독히 일만 하던 때이다. 그때에도 말이 걷는 거지, 머릿속에서 무수한 생각들이 떠오르면서 빨리 회사에 가서 앉는 순간 메모를 하라고, 아니 지금 당장 핸드폰 메모장에 메모하라고 나를 다그쳤다. 나의 워라밸은 그 또한 일을 위한 시간이었다. 일이 재밌었으니 그럴 만도 하다.

나에게 여행은 관광지 탐험이나 맛집 탐험이 아니다. 젊었을 때 나는 매년 내가 좋아하는 나라를 선택해 일 년에 한 번 있는 휴가를 열정적으로 즐겼으나, 결혼을 하고서는 가족과 함께하는 휴가가 전부였다. 그리고 공황장애라는 병을 갖고 나서는 주로 캠핑을 가거나, 매우 액티비티한 여행보다는 바다에 앉아서 몇 시간이고 바다를 멍하니 쳐다보며 바다 소리를 듣거나 좋아하는 음악 소리를 들으며 맥주 한잔하는 것이 최고의 휴식이었다. 캠핑에 가서 계속 타들어가는 장작을 아무 생각 없이 보는 일도 꽤 만족스럽게 나의 정신에 휴식을 주었다.

여행은 나에게 그렇게 많은 선물을 주었다. 여행지에선 좀 더 자유로운 생각들을 할 수 있다. 일에서 벗어나 잠시 복잡했던 나의 실타래를 서서히 풀어보며 생각하는 시간을 가져야 한다.

나를 위한 시간은 나에게 휴식을 주는 시간이기도 하지만, 생각을 정리하고 다시 일로 돌아갔을 때 말끔한 정신으로 더 일에 매진할 수 있는 도움도 되는 것이다.

그래서 이 글을 읽고 있다면, 먼 여행이 아니더라도 내가 편안한 상태에 놓일 수 있는 시간을 가지기를 꼭 권한다. 그게 무엇이라도 좋다.

내가 회사를 다니면서 나를 완전히 정리해준 여행은 처음으로 아이와 둘이 갔던 제주 여행이었다. 여느 때와 같이 난 바닷가에 앉아 있었고, 평화로웠고, 그때 나와 아이는 모든 것을 즐겼고, 우리 둘은 생각보다 너무 행복한 여행을 했다.

나는 그 느낌이 너무 좋았고, 극적으로 지금 회사가 너무 싫다는 생각이 동시에 떠올랐다. 더 이상은 안 되겠다. 여행에서 현실로 돌아가면 바로 현실에서 나오자. 오랫동안 마음먹었지만 할 수 없었던 퇴사라는 것을 진짜 이번에는 꼭 하고야 말 테다.

그렇게 나는 자유가 되었고, 경제적으로는 자유가 되지 못했다. 하지만 나는 절대 후회하지 않는다. 나의 인생을 풍요롭게 해줬다. 이만하면 됐다. 나는 새로운 일을 하고 싶었다. 더 이상 그 일이 나에게 매력적이지 않았고, 다른 것(돈, 평안, 가족, 그니까 현실)에 얽매이면 나는 이 일만 하다 늙고 죽을 것이다. 아니 늙고, 어느 정도 그냥 그렇게 살다가 죽을 것이다.

그렇게 제주 바다의 공기와 풍경은 나에게 과감한 용기를 주었다. 어느 때는 내 가슴을 시원하게 쓸어주었고, 다시 일할 힘을 불어넣어주기도 하고, 눈물겹게 아름답던 하늘과 노을과 바다는 힘들어도 이렇게 사는 거야, 세상은 너무 아름답잖아, 이런 걸 보러 올 수 있는 여유를 가진 나는 행복한 사람이야 하는 생각을 들게 하는 그런 거였다.

일을 더 열심히 하게도 했고, 일을 그만두게도 하는, 중요한 것은 중요한 결정을 할 수 있게 만들어줄 만큼 내 정신을 씻어주는 역할을 하는 것이다. 정신 차리라구!

책으로 배웠어요

책으로 배웠어요. 그리고 실전에서 써먹었는데, 학교에서 실전에서 배운 것보다 더 잘 먹혔어요. 응? 무슨 말? 하겠지만, 실전에서 배워서 능숙해지는 것과 주변에서 내가 사는 곳에서 볼 수 없고 배울 수 없는 경험들은 책을 통해서만 배울 수 있다. 어쩌면 그런 것들이 더 고수의 모습을 보여줄 수 있다. 실제로 연애도, 그 이상의 것도, 뭐 좀 들어보고 읽어보고 입 좀 터는 남자들한테 넘어가기 십상이니 말이다. 실무는 선배들이나 자기가 속한 회사에서 어느 정도 배우고 능숙해지겠지만 그 이상의 깊이 있는 통찰이라든가 상상력을 이용한 창의력으로 발전시킨 업무의 새로운 풀이 해석으로 이어진 문제 해결 능력은 가끔 무릎을 탁 치게 하는 본인만의 기가 막힌 노하우를 만들어준다.

회사를 다니면서 나를 키우고 성장시키는 방법을 몰라 무작정 책을 읽기 시작했다. 빵빵 터질 그 어느 날을 기다리며 흡수하고 흡수했다. 독서의 결과가 나타나기까지는 생각보다 오래 걸리지 않았다. 가끔 나에게 책을 읽었는데 답을 모르겠어요 하고 성급하게 물어보는 친구들이 있어서, 책 하나 읽었다고 바로 너에게 통찰력이 생기는 게 아니다, 아직 젊으니 꾸준하게 읽다 보면 분명 네가 기존에 생각하지 못한 문제 해결 능력이 생길 거야 하고 말해주지만 내 경우에는 내가 찾은 책이었고, 매우 흥미를 느꼈으며, 한 책을 다 읽으면 다음, 다음, 더 필요해, 너무 맛있어 하면서 서점을 제집 드나들듯 가면서 무더기로 책을 사기도 했다. 머리에 든 게 없어서 더 그랬는지 지식에 목말

랐고, 머릿속도 마음도 채워지는 느낌을 받았다.

책으로 영향을 받는다는 건 직접적이지 않다. 그래서 책을 읽는 게 무슨 소용이야 하고 느낄지도 모른다. 영향은 간접적으로 온다. 나 자신도 모르게 새로운 생각을 하고 세상을 보는 눈이 넓어지며 나도 모르게 나의 언변이나 상사나 후배에게 해주는 나의 답변이 고급스러워지고, 정보의 정확도가 높아진다. 평소보다 말수가 늘 수밖에 없으며, 그런 나를 상사도 후배도 자주 찾게 된다. 본인들이 생각하지 못했던 대답을 들을 수가 있기 때문이다.

무조건 책만 읽는다고 그렇게 된다고 단언하긴 어렵지만, 분명 당신은 책을 접하기 이전보다 더 나은 생각을 할 수 있을 것이다.

나는 이전의 그 열정을 가득 담고 두 눈 시뻘겋게 일이라는 것에 대한 자세가 열정적일 때보다는 책을 덜 읽지만, 유튜브를 접하고 나서는 자기 전에 늘 지식 정보 혹은 나라 정세, 세계 정세, 현재 이슈가 되고 있는 사건의 깊이 있는 취재, 설탕과 소금이 우리 인류에게 준 영향, 에어컨이 산업화를 발전시키는 데 얼마나 큰 기여를 했는지 등 등 잡학다식의 정보들을 넣고 있다. 운전할 때도 그냥 틀어놓는다. 내가 그것들을 꼭 알아야지 하는 마음으로 듣는다면 아마 중도에 하다 말았을 것이다. 관심이 가고 호기심이 생기고 참 재밌다고 느끼기 때문에 계속 찾아 듣는 게 아닐까 싶다.

우리 주변에서 일어난 일, 현재 우리가 사는 세상이 어떻게 만들어졌는지, 그런 이야기를 듣다 보면 앞으로 세상이 또 어떻게 변할지 궁금하고, 나는 거기서 작게나마 어떤 역할을 하고 싶어지는 욕심이 생긴다. 그게 봉사거나, 내가 가진 것을 나눠주는 일이길 바란다. 나의 역할로 누군가가 영감을 받기를 바란다. 나이 많은 꼰대의 역할이 아닌, 먼저 살아본 나의 경험을 토대로 고민이 가득한 누구에게 작은 도움이 되길 바라고, 그 역할이 조금 더 질이 높기를 바라며 책을 읽고 무한 정보들을 내 안에 넣는 것이다. 부분적으로 아는 지식은 모르는 것보다 더 위험할 수도 있기 때문이다. 좀 부족하고 편협한 지식으로 훈수를 두다 보면 정말 고집스런 꼰대가 될 수 있으니 정말 정말 조심하자.

그래서 이쯤에서 책 한 권을 또 소개하려 한다. 이번 책은 내가 조금 디자인도 뭔지 좀 알겠고, 마케팅도 좀 알게 된 후에 상품 개발에 직접 참여하게 되면서 새로운 창조물을 만드는 데 필요한 상상력을 내 안에서 일깨우며 어디서 자료를 찾아야 하나 고민을 할 때 찾아낸 딱 알맞은 책이었다. 『훔쳐라 아티스트처럼』이다. 매번 똑같은 얘기를 하기 뭣하지만 정말 이 책처럼 해서 내가 성과도 올리고 회사에서 한 자리를 했다고 해도 과언이 아니니 조금 더 집중해서 이 부분을 봐주시길 바란다.

조금 알기도 했지만, 원래 새로운 창조물은 모방에서 나오는 거라는 것쯤은 '모방은 창조의 어머니다'라는 자주 들었던 말 때문에 알고는 있었지만, 본격적으로 훔치라고 하는 글은 처음이었다.

여기서는 훔쳐라, 훔쳐라 한다. 훔쳐서 내 자료를 풍부하게 만들어 놓으라고 한다. 대신 똑같이 만드는 것은 표절에 멈춘다. 그렇게 똑같이 만드는 게 아니라, 많이 보고 자료를 수집하고 배우고 하다 보면 나라는 인간을 통해 새롭게 형성되는 창조물이 있을 거라고 한다. 사실 똑같이 모방할 수는 없다고 한다. 비슷하게 하더라도 그 사람과 내가 다르기 때문에 새로운 창조물이 생긴다는 것이다.

　나는 본격적으로 훔치기 시작했다. 핀터레스트, 인스타그램, 백화점 편집샵, 길 가다가 보이는 창의적인 설치물, 전시회 등 마구잡이로 새로운 것을 볼 수 있는 곳이라면 온라인이든 오프라인이든 가리지 않고 마구 찾아다니고 내 사진첩과 폴더를 가득 채웠다. 게다가 나의 전 회사는 제작해야 하는 상품군이 너무 많아서 정말 많은 카테고리가 필요했고, 나는 꼭 그 카테고리에 관련된 상품이 아니더라도 영감을 줄 수 있는 사진이라면 무자비하게 저장했다.

쓰레기통
1 핀 1년

디딤대
31 핀 1년

파티션인테리어
12 핀 1년

아이방인테리어
33 핀 1년

욕조
3 핀 1년

파티션
19 핀 1년

식기류
18 핀 1년

놀이파ㄴ
6 핀 1년

기타

기저귀갈이대

키친인테리어

펫

bed
61 핀 1년

사다리
12 핀 1년

인테리어
59 핀 2년

탈것
13 핀 2년

철제가구
50 핀 1년

우산 꽂이
10 핀 1년

베이비룸
11 핀 2년

테이븐ㄹ
68 핀 2년

기타디자인제품

공간분리인테리어

정글짐
12 핀 2년

테이블
10 핀 2년

침구
3 핀 3년

캠핑카
7 핀 3년

개인공간가구
23 핀 2년

자전거
54 핀 2년

자동치 ·
24 핀 3년

접이식테이블
4 핀 3년

보행기

아이방

유아식탁의자
1 핀 3년

미니멀미끄럼틀
15 핀 3년

이유식기
6 핀 4년

타이포그래피
8 핀 4년

변기
20 핀 3년

놀이터
17 핀 3년

트윈스
4 핀 4년

자석놀이참조
6 핀 4년

키즈패션

텐트

인형쿠셔ㄴ

리폼

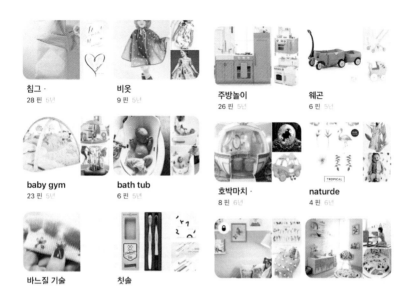

침그 ·
28 핀 5년

비옷
9 핀 5년

주방놀이
26 핀 5년

웨곤
6 핀 5년

baby gym
23 핀 5년

bath tub
6 핀 5년

호박마치 ·
8 핀 6년

naturde
4 핀 6년

바느질 기술

칫솔

폴더명을 나열하자면 패션, 헤어스타일, 쥬얼리 등 내가 좋아하는 것도 있었지만 주로 일에 관련한 폴더들은 창의적인 활동, 가구, 캐릭터, 동물 삽화, 이젤, 거울, 고양이, 애견, 컬러, 거실 인테리어, 소파 디자인, 가방, 키즈, 사진 포즈, 네일, 키즈 휠 관련, 킥보드, 실버, 쓰레기통, 디딤대, 욕조, 파티션, 기타, 기저귀 갈이대, 파티션 인테리어, 아이 방 인테리어, 식기류, 놀이판, 베드, 키친 인테리어, 펫, 사다리, 철제 가구, 우산꽂이, 기타 디자인 제품, 공간 분리 인테리어, 패키지, 락킹 토이, 친환경 제품, 아크릴, 미끄럼틀, 상세페이지 참조 디자인, 인테리어, 탈것, 베이비룸, 테이블, 정리함, 정글짐, 테이블, 개인 공간 가구, 자전거, 보행기, 침구, 캠핑카, 자동차, 접이식 테이블, 그네, 좌식 테이블, 손 그림 느낌, 러그, 옷걸이, 의자, 유아 식탁 의자, 미니멀 미끄럼틀, 변기, 놀이터, 키즈 패션, 텐트, 이유식기, 타이포그래피, 트윈스 물건, 자석 놀이 참조, 인형 쿠션, 리폼, 침구, 비옷, 베이비짐, 욕조, 칫솔, 주방 놀이, 웨곤, 호박 마차, 네이쳐 디자인, 원형럭, 인형의 집, 소품, 모빌, 액자⋯.

써보고 나니 후덜덜하다. 진짜 열심히 훔쳤네. 모은 자료들을 다시 다 봤다고는 못 하겠다. 매일 새로운 걸 보거나, 필요한 작업물을 작업할 때 그 카테고리 폴더에 들어가고 다시 연관된 새로운 자료를 또 훔치고 훔친다. 그래야 새로운 창조물이 나올 때 조금이라도 더 보완할 수 있고, 있던 것을 다시 만드는 오류를 범하지 않을 수 있고, 마지막까지 완벽하게 디자인과 컬러를 다듬을 수 있다. 완벽히 내 마음에 들 수 있게.

이때쯤 되면 직업병이 생긴다. 세상에 모든 물건이 창조물로 보이고, 그 물건들의 재료가 보이고, 아주 작은 물건들에 감탄을 하게 되거나, 아우, 기왕 만드는 거 왜 저렇게 만들었지? 하고 혼자 지적질도 한다. '내가 하면 좀 더 잘할 수 있었을 텐데'라든지, 와, 저거 만든 사람은 정말 대단하다 하며 한참을 서서 바라보다 역시 사진에 담는다.

언더스탠딩
- 이해가 안 된다는 말을 입에 달고 사는 사람들

여러분은 본인도 모르게 생활하면서 "아, 저 사람은 정말 이해가 안 돼." 이런 말을 많이 할 것이다. 또 주변에서 유독 이런 말을 많이 하는 사람을 볼 것이다.

매운 걸 맛있다고 하는 사람들은 이해가 안 돼. 그건 맛이 아니야, 통증이야. 매운 음식을 좋아하는 내 앞에서 본인이 싫다는 이유로, 결혼과 연애 통틀어 11년간 남편에게 듣는 말이다. 알겠으니까 이제 그만요.

물론 뉴스에서 종속살인같이 무서운 일들, 불륜, 패륜, 마약, 사기, 범죄 등 정말 무섭고도 사람들이 할 수 있는 일일까 싶은 일들에 대해서는 함묵하겠다.

지피지기면 백전백승이란 말이 있다. 적에 대해 잘 이해하지 못하면, 제대로 된 전략을 만들 수 없다. 스포츠에서 상대방 전력을 철저히 분석하고 모니터링하는 것은 필수이다. 상대방의 전술을 이해하고, 아킬레스건을 찾아서 전략을 짜야 한다.

사회생활을 하면서 이해하지 못하겠다는 말을 하는 사람들과 상대방 입장에서 어느 정도 이해하고 말을 아끼거나 사회 전반적인 특수 상황에 대해서도 그럴 수도 있을 것 같다며 이해의 폭을 넓혀 아직 겪어보지 못한 일들에 대해 겸손한 발언을 하는 사람들이 나는 좀 더 성숙해 보인다. 너무 딱 잘라 부정적인 발언을 하는 사람들과의 대화는 좀 불편하다.

일을 할 때는 커뮤니케이션이 제일 중요하다. 거래처, 상사, 팀원, 타팀과의 커뮤니케이션도 모두 이해에서 시작된다. 이해의 폭을 넓히지 못하고 내 분야에 대해서만 내 업무와 나의 이익에 대해서만 생각하면 절대 진일보할 수 없고, 팀장으로서 팀원으로서 어디서든 각자 위치에서 성장하기 어렵다. 특히 팀장이나 중간관리자일 때는 언더스탠딩이 필수 항목이며, 대화를 풀어나가 회사의 직무를 원활하게 수행하는 데 큰 도움이 된다.

여기서 언더스탠딩이란 콘텐츠를 하나 소개하겠다. 나는 유튜브에서 정보 채널을 주로 본다. 그중 가장 좋아하고 거의 매일 시청하는 콘텐츠 이름이 언더스탠딩이다. 세상의 모든 지식, 언더스탠딩.

내가 전혀 알지 못했던 분야에 대한 지식에 대해 전문가에게 들을 수 있고, 북언더스탠딩이란 콘텐츠에서는 내가 읽지 않을 것 같은 어려운 전문 서적 혹은 단종된 책 중 주옥같은 책을 찾아내 책보다 더 재밌게 풀어서 이야기해주는데 이 콘텐츠는 정말 많은 인사이트를 준다. 최근에 본 게임 법칙이란 연세대 교수님의 콘텐츠도 너무 재밌었고, 우리나라 및 세계의 나라들 중 출산율이 감소하는 부분에 대해 이야기한 최준영 교수님 이야기는 내가 지금까지 들은 출산율 저하에 대한 원인 분석 중 가장 그럴듯하다는 느낌을 받았다. 최근 이슈화된 티메프 사건(위메프, 티몬)에 대한 언더스탠딩 기자님의 깊이 있는 취재는 감탄스러웠다. 유통 분야에서 오래 일했기에 좀 더 잘 아는 분야였는데, 아, 이렇게까지 모든 것을 취재하시고 이해하고 오셔서 내용을 풀어주시는 것에 대해 진심 감탄했다.

오랫동안 외국 생활을 한 친구랑 술 한잔하다가 그 친구가 이야기한다. 한국 드라마는 너무 재미없고 한결같아. 난 한국 드라마는 안봐. 엥? 지금이 어느 시대인데. 세계에서 인정받는 한국 콘텐츠 아닌가. OTT 사업에서도 우리나라 웹툰 스토리를 못 가져가서 안달이고, 세계의 주요 상과, 깐깐하다는 아카데미에서조차 상을 거머쥐었으며, 다음 작품들로 인해 주가 상승에도 영향을 주는데, 음… 무슨 말이지? 그래서 물어봤다. 어? 진짜? 너 혹시 최근에 한국 드라마나 콘텐츠 본 적이 있어? 없다고 한다. 아주 오래전에 본 기억으로 그렇게 단언하듯 말하는 것이다. 살짝 논쟁이 있었지만, 꼭 보라고 말해주었다.

자기 분야에 대해서는 굉장히 프로페셔널하지만, 그래서 자신의 지식을 크게 의심치 않고 뱉는 가장 흔한 실수이다. 이럴 때 상대방은 한쪽으로 쏠린 지식에 대해 큰 목소리를 내는 사람에게 살짝 고개를 갸웃할 수밖에 없다. 잘 모르는 분야에 대해서는 우리 모두 겸손하자.

나는 언더스탠딩의 진행자이자 대표이신 이프로 님의 광팬이다. 그래서 이 글을 쓰기 전 용서를 바란다.

회사의 이사가 되면서, 보지 않던 뉴스와 주식을 시작하며 세계 전반과 경제 상황을 이해해야 경영에 도움이 된다고 생각했기에 시사 프로그램들과 경제 상황을 나에게 전해줄 프로그램을 찾다가 우연히 듣게 된 '이진우의 손에 잡히는 경제'는 지금의 나에게 많은 영감을 주었다. 이 기자님의 명쾌한 질문과 해석들이 좋았고 목소리도 좋으셨다. 그러다가 팟캐스트에서 제작진과 함께 재밌게 일상생활 혹은 프로그램에서 못다 한 이야기를 하는 '커피타임'을 듣게 되었다. 모든 면에서 완벽할 것 같았던 이 기자님은 경제 외에는 정말 아무것도 모르시는 것 같았다. 본인도 인정하셨고, 주변의 친한 제작진인 작가님도 '형은 경제밖에 몰라'라는 발언을 하셨기에 조심스럽게 적어본다. 초반 이야기이다. 그 후 '광고주 취조 콘텐츠'라는 팟캐스트가 생겼고, 크고 작은 기업이 한 시간 동안 본인들의 업에 대해 자세하고 디테일하게 소개하고 질문에 대답하는 프로그램이었다(작가 본인도 출연한 적이 있고, 실제로 뉴 브랜드를 런칭하는 데 크게 도움이 되었다). 그걸 진행하시면서 콘텐츠를 송출하는 동시에 많은 것을 습득하시는 것처럼 보였다. 그리고 손경제 플러스, 그 콘텐츠에서는 손경제보다 더 많은 각 분야 전문가를 모셔 역사 지식 등 많은 이야기를 들을 수 있었다.

추측하건대 언더스탠딩이 그런 콘텐츠에서 시작하지 않았을까 싶다. 매일 여러 편의 콘텐츠가 올라오는 언더스탠딩을 진행하시는 이프로 님은 이제 예전의 경제만 알던 이프로 님이 아님이 나날이 느껴진다. 아마 이런 경우는 꼭 언더스탠딩뿐만 아니라 모든 지식 정보 콘텐츠를 진행하는 제작진들 모두에게 해당되지 않을까 싶다.

폭넓은 지식과 깊이 있는 이해와 세상을 다르게 보는 눈, 상대방을 이해하고 모르는 부분에 대해 겸손하게 대하는 자세가 난 성공하는 사람들에게 꼭 필요한 필수 덕망이라고 생각한다.

"아, 난 그런 사람들 진짜 이해가 안 돼"보다는 그런 일을 하고, 당한 사람은 어떤 심정이고, 어떤 상황이었을까? 유도리가 없어 보이는 QC 팀과 대화할 때는 '제품에 정확한 잣대를 정해 생산할지 말아야 할지를 늘 정해야 하는 부서 특성이 있으니, 좀 더 이해하며 대화해야 겠다라든지, 고객 상담에 지쳐 있는 고객관리 부서에는 왜 그렇게 고객에게 불친절하냐는 말 대신 오늘은 컨디션이 좀 안 좋은 것 같네, 사람이 어떻게 매일 똑같을까. 많이 지쳐 보인다든지, 늘 이렇게 생각하는 것도 피곤하겠지만, 이렇게 이해하도록 해보자. 세상의 많은 일들의 뒷면을 보고 깊이 있는 이해를 가지게 되면, 정말 프로가 될 수 있지 않을까.

실패의 이유를 어쩌면 우리는 모두 알고 있다

나는 이십 대 후반에 자신만만하게 사업을 시도했다. 당시 금융위기로 가는 곳마다 잘되는 회사들도 도산하는 경우가 많았다. 엄마가 먼저 권했다. 이렇게 계속 회사가 안 되니, 네가 뭐든 잘한다고 하니 사업을 해보는 게 어떻겠냐고.

그때 당시 나는 진짜 모든 걸 잘하는, 가는 회사마다 칭찬받는 직원이었다. 신입 시절엔 상무랑 일했고 대리 때부터는 늘 사장님과 대화를 했다. 내가 무슨 직급이든 사장님들은 나를 찾았다. 이유는 간단했다. 나는 내가 굳이 고민하지 않아도 될 회사 사정 전반에 대한 고민을 했으며 내가 다니는 회사가 정말 잘되길 바라는 마음으로 일했는데 티가 났을 것이다. 사업을 시작하기 직전에는 세 분의 사장님께 프러포즈를 받았었다. 그 자만심으로 시작한 사업이었고, 결과는 다음에 이어진다.

때마침 정말 이상하게도 친구가 나를 새로운 곳으로 인도했고, 그 시스템에 반했고, 그 셀프 다이어트샵은 그 당시 막 떠오르는 강력한 사업 아이템이었다. 거의 운명이라고 생각했고, 마침 그때 동네 좋은 자리에 좋은 가격으로 샵 자리가 나왔으며, 돈 한 푼 없는 나에게 엄마는 친절한 투자자였다. 그때까지만 해도… 세상에 공짜는 없다. 대출이 나을 뻔했던 투자. 그 후 엄마가 매달 나에게 돈을 독촉했던 눈물 나는 이야기는 삭제하자.

거의 삼 년을 채운 나의 첫 사업은(마지막이기도 한, 하지만 인생은 모르지 않는가. 지금은 절대 사업은 안 한다는 생각이지만) 실패로 마무리지었다.

성공과 사업의 여부는 투자한 돈을 불렸느냐 적당히 회수했느냐 반도 회수 못 했느냐에 따른다면 난 절대적으로 실패했다. 사업을 하는 동안 빚을 지지는 않고 직원을 두고 룰루랄라 잘 먹고 잘 놀며 생활은 가능했으나(사장이라는 명함은 친구를 만나면 지갑을 열어야 하는 존재였다. 난 그 뒤로 직장인이 되어서 사업하는 친구나 동생들에게 늘 밥을 샀다. 원래 밥은 월급쟁이가 사는 거다).

자, 이제 사업 실패의 이유에 대해 말해보자. 나는 정확히 그 이유를 안다. 전문가가 보면 추가되는 내용도 있겠지만, 내 선에서도 충분히 실패의 이유를 말할 수 있다.

지금 사업하시는 분들, 치킨집 사장님, 분식점 사장님, 중소기업 사장님들도 아마 알지 않을까? 회피하는 게 아닐까 싶다. 그 어린 나도 단번에 알았는데.

나의 사업 아이템은 피부관리 다이어트샵이었고, 컨셉은 매우 가성비 좋은 셀프샵이었다. 말이 셀프지, 하나부터 열까지 원장의 손이 고객에게 닿아야 하고, 할 일이 엄청 많은 사업이었다.

첫 번째 나의 실패 원인은, 나는 그전까지 피부과는 물론 피부샵이나 마사지샵 등 관리를 해주는 곳에 간 적이 없다는 것이다. 전혀 고객이 되어보지 못한, 그저 티비에서나 보고 내 머릿속에서 상상 정도할 수 있는 정보가 다였다. 다이어트 역시 마찬가지였다. 그저 여자가늘 입에 달고 사는 '나 내일부터 다이어트야'라는 말 빼고는 다이어트를 해본 적이 없다. 170㎝에 56kg, 술 때문에 배 나온 것 빼고는 나쁘진 않은 상태였다.

체인점 본사에서는 누구나 할 수 있다고 나를 거들었다. 교육 기간이 3개월, 열심히 배우고 공부했다. 그게 다였다. 지금의 나라면 상상도 할 수 없는 어리석고 무모한 짓을 한 거다.

심장이 터질 것 같은 마음으로 오픈을 했다. 그간 교육받고 연습한실력과 타고난 영업력으로 손님을 대했지만, 본사에서 말해준 것처럼고객들 살이 빠지지 않았고, 나는 너무 당황스러웠다. 우리 회사 기계만 잘 사용하면 무조건 빠진다는 살이 왜 안 빠지는 거지? 고객들에게 미안하고 당황스러웠다.

이게 첫 번째 나의 실패 원인이다. 나는 그 후로 혼자 다이어트와피부관리에 대해 엄청난 공부를 했고 모든 것을 나에게 실험했고, 터득했다. 1년 후 나는 거의 99% 확률로 살을 빼줄 수 있는 능력자가 되어 있었고, 나름 원장의 포스도 갖추고 있었다. 나는 일 년 전 돈만 내고 가신 고객님들을 다시 불러 공짜로 빼주고 싶다는 생각도 했다. 손님은 늘 많이 있어서 그러지는 못했다. 바쁜 나날이었다.

나의 두 번째 실패의 원인을 말할 차례다. 손님은 적당했다. 말인즉, 적당히 힘들지 않고 돈을 적당히 쓸 수 있을 만큼, 처음에 투자자님에게 약속했던 매달 보내야 하는 돈은 이미 포기한 지 오래됐다. 그 일로 그 후 10년 동안 욕을 먹어야 했지만.

그 당시는 20대 30대에 엄청난 돈을 버는 쇼핑몰 사장님들이 등장할 때였다. 개인 쇼핑몰의 막이 열리고, 동대문 옷들로 보세 쇼핑몰을 열어 젊은 취향을 사로잡는 젊은 여사장님들이 이슈가 되었다. 억대 부자들, 그들에게는 한 가지 공통된 점이 있었다. 밤새 후기를 달거나 쉬지 않고 일해 병원에 실려 가는 경우를 꼭 경험했다는 것.

나의 사업은 당장 망할 것 같지도 않았지만, 버는 돈은 미비했다. 그래서 하루 날을 잡아 고민을 했다. 진심으로 열심히 해서, 내가 할 수 있는 한, 내가 아는 모든 것을 동원해 이 사업을 성공시킬 것인가? 대신 병원에 실려 가 마음을 먹고, 아니면 지금처럼 안주하고 적당히 망하지 않을 만큼 유지시킬 것인가.

배가 많이 고파보지 못했던 나는, 그리고 월급쟁이가 아니기에 나에게 욕을 할 사람은 나뿐이었던 나는 후자를 선택했다. 나는 그 사업 이후로 절대 절대 사업을 하지 않겠다고 마음먹었다. 너무 외로운 직업이었기 때문이다. 모든 것이 내 탓이어서 욕할 상대도 없었다. 나에게 뭐라고 하는 사람도 없으니 최선을 다하지도 않았다. 먹여 살릴 식구도 없으니 간절함도 없었다. 누군가가 주는 월급을 받으면서, 그곳에서 최선을 다해서 일하는 게 적성에 맞다고 생각했다.

그 후 나는 들어가는 회사마다 내가 사장인 것처럼 미친 사람처럼 일을 했고 병을 얻었으며 병원에 실려 가는 경험을 했고 그때쯤 나는 성공해 있었다. 한 분야에서 성공한다는 것은 정신적, 육체적 아픔을 담보로 잡혀야 하는 것이었다.

그렇게 적당히 유지하던 나의 사업은 적당한 때쯤 외적인 이유와 내적인 이유로 문을 닫았다.

누군가 나에게 물어본다면, 다시 그때로 돌아가면 어떻게 할 거냐고 묻는다면 나는 같을 것 같다. 그때 나에겐 그 정도가 최선이었다. 하지만 이때의 값비싼 경험이 그 후 나의 커리어에 큰 도움을 준 건 분명하다.

2024년 경제 위기
- 기억하며 또 배우기에 또 기억하자

나는 IMF 세대다. 그리고 더 나아가 2008년 금융위기를 겪으며 많은 회사를 옮겨 다녔다.

1997년 IMF의 격변을 치르며 대학교를 졸업하고 취업을 해야 했다. 정확히 1997년에는 미국에서 어학연수 중이었고, 나라가 망한다는 뉴스를 보며 우리는 미국에서 꽤 당황하고 있었다. 바로 한국으로 돌아간 친구들도 있었고, 다행히 나는 용돈과 학비를 미리 받아놓은 터라 정해진 날까지 버틸 수 있었다. 아니, 나는 오히려 2배 이상 오른 달러 돈을 번 셈이긴 해서 한국에 돌아와 남은 돈을 환전해 꽤 돈을 써댔다. 철없던 나···. 그때 많은 사람들이 정리해고를 당하고 상실감에 빠지는 그런 때였다. 나름 중산층이고 자식을 위해서 열심히 일만 하시는 부모님 덕에 세상 무서운지 모르고 살았던 나는 그대로 세상 무서운 줄 모르고 사회에 내던져졌다. 부모님은 나에게 세상이 얼마나 무서운 곳인지 알려줘야 했다. 아니, 원망하는 것은 아니다. 그냥 나의 어머니는 돈을 벌기 위해 회사를 다니라는 말씀을 하신 적이 없다. 옛날 분이시고, 꽤 많은 돈을 모으셨기 때문이었을까? 당신께서 너무 고생하셔서 빨리 결혼을 시키고, 돈 많이 벌어주는 남편을 만나 직장을 안 다니고 집에서 살림하는 딸을 보고 싶어서였을 것이다. 그래서 선을 보려면 명함이 필요하니 결혼할 때까지는 꼭 직업이 있어야 한다고 하셨다.

하지만 나의 결혼은 어머니가 원하시는 27세가 아니라 37세가 되어서야 이루어졌고, 나는 죽어라 일을 해야 했다. 어느 순간부터 이미 결혼만 하면 일을 안 해도 된다던 엄마의 말씀과 다르게 나는 그 누구보다 열정적으로 일하고 있었고, 지금 50을 코앞에 둔 나이에도 일을 하며, 아니 나는 죽을 때까지 일할 것 같은 불길한 예감이 든다.

어머니는 일을 잘하고 이사라는 타이틀에 연봉까지 주위에 자랑하시는 게 유일한 기쁨이라, 나는 효도라곤 해보지 못한 자식이라 그게 그냥 효도라 생각하고 열심히 살고 있다.

아, 다시 돌아가, 나의 첫 직장은 정말 지독한 곳이었다. 앞에서 이미 풀었지만, 그래도 그때 깨달은 것은 이렇게 지독하게 하는 사장만이 IMF를 아무 무리 없이 넘길 수 있다는 걸 배웠다. 당시 많은 중소기업들이 사라지고, 대기업은 정리해고를 강행했는데 나의 첫 회사는 꿈쩍도 안 하고 돈을 퍼 담았다. 그 당시 사장님은 매우 구두쇠였는데, 우리는 박스 업체에서 가져다주는 이면지로만 서류를 작성할 수 있었고 (특별한 경우 제외) 스테이플러는 꿈도 못 꾸고 클립은커녕 핀으로만 서류를 고정할 수 있었으며, 그 핀마저 사장님이 땅을 보고 다니시며 한 달간 떨어진 핀을 모아주시면 재사용했다. 회식은 사장님이 소유하신 김포의 갈비집에서만 가능했기에 연남동에서 김포를 가야 회식이 가능했으며, 언급했듯이 빨간 날은 쉰 적이 없고, 물류 직원을 안 뽑으시고 서울 사무소 직원을 아주 잘 활용하셨다. 시장에서 거둬들인 현금 박스를 매일 은행으로 가져가서서 세금을 어찌나 잘 탈루하셨는지, 그 오랜 세월 지나고 작년인가 세금 탈루로 뉴스에 나오셨다.

어쨌든 그 정도 해야 버틸 수 있는 게 사업이다. 악독하다 싶은 사장님들은 견디고 그저 인간성 좀 괜찮네 느끼고 잘해주시네 싶으면 문 닫는 게 사업인 것 같았다. 내가 겪은 많은 사장님들이 그랬다. 처음엔 다 꽤 좋은 회사였는데, 얼마 안 가 문을 닫았다. 특히 2008년 금융위기 때 갑자기 대출을 반환해야 했을 때는 하루아침에 회사가 문을 닫아야 했고, 그 많은 직원들은 모두 흩어졌다. 그럴 때마다 너무 허무했고, 또 갈 곳을 찾아야 한다는 것이, 매번 또 시작을 해야한다는 것이 쉽지만은 않았다. 그렇게 마지막에 들어가고 퇴사한 회사가 바로 이전 회사다.

다행히 나의 그런 10년간의 마음이 내 마음에 새겨져 나는 사장 마인드로 일했다. 아니, 사장 마인드는 절대 직원이 될 수가 없다. 그냥이 회사는 절대 망하게 두지 않을 거라는 마음으로 일했다.

지금 나는 그런 시련을 또 겪고 있다. 경제 위기는 없었던 적이 없다. 처음에는 그냥 나라가 어렵고 매년 작년보다 더, 작년보다 더 경기가 안 좋다는 얘기가 돌았고, 완구계는 매년 어려워지고, 규모는 한없이 줄어들었다. 완구 쪽에서 출산 유아 제품으로 발 빠르게 갈아탔으며 '디자인'이라는 중요한 키워드를 처음부터 매우 빠르게 모든 브랜드 마케팅에 적용했던 우리 회사는 그런 불경기를 느끼지 못하고 성장했다. 사장님은 구두쇠도 아니었고, 불친절하지도 않았다. 지금까지 다닌 회사 중에서는 제일 좋은 컨디션의 대표님이셨다. 물론 일과 회사밖에 모르는 또 다른 사장님의 미친 열정의 힘듦도 있었지만, 회사가 성장할 때는 그래서 회사가 성장할 수 있으려니 생각했다.

내가 1997년과 2008년 힘들었던 때를 언급하는 이유는, 지금 2024년은 그 어느 때보다 복합적으로 최악으로 힘들다는 것이 느껴지기 때문이다. 그리고 지금이 왜 어려운지 원인을 잘 파악해야지, 샅샅이 알아둬야지 더 전략을 잘 세우고 지금 상황에 대처할 수 있으며 미래에도 지금을 거울 삼아야 하지 않을까 싶어서다. 지금은 그냥 경기가 안 좋은 것이 아니고 모든 사건이 서로에게 엄청나게 안 좋은 영향을 끼치고 있기 때문이다.

말했듯이 이번에는 한 가지 원인이 아니다. 코로나, 중국 경제 침체, 러시아 우크라이나 전쟁, 그 외의 국가 전쟁, 기후 이변으로 인한 자연재해, 국내에서 일어나는 부동산 전세 사기, 코인 사기, 그리고 최근 티메프 사건까지 줄줄이 끝없이 엎친 데 덮치고 더욱더 무거운 게 위에 쌓이면서 걷어내기 힘든 사람들이 버티다 버티다 포기를 눈앞에 둔 실정이다. 나는 뉴스에서 나오고 주위에서 듣는 것보다 훨씬 더 심각하다고 생각한다.

사실 시작은 코로나보다 먼저 사스, 메르스 등 중국 관광객이 끊기면서 명동 동대문 등 지역적으로 매우 큰 타격을 받았었다. 나의 지인은 몇십 년간 운영하던 매장 몇 개를 접었다. 내 지인만의 일은 아니다. 나의 경제 위기 체감은 그렇게 시작됐고, 코로나 때 많은 상인들이 어려움을 겪으며 대출로 버티기 시작했다. 사실 코로나 첫해는 차라리 괜찮은 편이었다. 우리 회사는 오히려 더 매출이 높았었다. 아이들이 밖에서 못 노니까, 미끄럼틀 같은 대형 완구가 몇 배로 더 잘 팔렸다. 첫해는 그렇게 코로나가 오래갈 거라는 생각을 못 해서 사스나 메르스처럼 대출로 어느 정도 버틸 수 있으리라는 희망으로 경제가 굴러갔으리라. 살 물건도 사고, 여행도 가고, 어느 정도 평소대로 살 수 있었으리라. 하지만 코로나 2년 차 때는 달랐다. 이미 대출은 더 받기 힘들 정도이고 대출 이자도 부담이 되었다. 3년 차인가에는 대출 이자가 1프로 대에서 5프로로 올라가면서 절망적이었으리라. 회사를 경영하면서, 그런 매출 감소가 확 느껴졌다. 게다가 출산율이 반 토막이 났다. 몇 년 동안 반 토막이라니, 매해 빠른 속도로 감속하는 출산율에 우리 회사는 또 발 빠르게 새로운 브랜드를 만들어 성공리에 런칭했지만, 기존 육아 브랜드가 감소하는 매출을 새로운 브랜드의 매출이 따라잡지는 못했다. 그래도 그나마 이 정도가 어디인가 감사할 정도였다. 물론 퇴사 전까지 끝없이 새로운 먹거리들을 많이 개발해놓긴 했지만 미래는 모른다.

경기는 모두에게 영향을 미친다. 퇴사한 나와, 경기가 안 좋은 곳에서 일하는 언니와 만나면 질리도록 먹던 소고기 대신 간신히 삼겹살을 먹으니 이미 두 명이 아웃. 아, 그러고 보니 사업자보다는 월급쟁이가 제일 부자인 것 같긴 하다. 그런데 사업자들이 올해 굉장히 많이 문을 닫았고, 대기업에서도 은행가에서도 정리해고가 이루어지고 있다. 그러니 다들 밖으로 나와 사업을 하거나 무직인 상태다.

부동산 경기가 침체된 중국은 모든 상황이 안 좋아졌다. 시진핑의 정책이 하루아침에 바뀔 때마다 휘청거린다. 예전에는 그래도 빠르게 회복하는 듯 보였지만, 지금은 회복 기미가 안 보인다. 매일 4 컨테이너씩 수출하던 나의 회사는 한 달에 4 컨테이너를 수출하게 되었다. 두바이까지 수출하던 회사는 코로나로 배가 없어, 3배로 상승한 운임에 수출이 줄줄이 막혔었다. 러시아는 전쟁 후 오히려 경제가 활성화되고 있고 러시아 사람들은 전쟁을 못 느낀다더니, 러시아 수출은 꾸준하다. 참 아이러니한 일이다.

자연재해, 왜 자연재해가 경기에 영향을 주냐고 물어보는 사람도 있다. 우리 회사는 판매량이 일정했기 때문에 나는 바로바로 체감이 가능했었다. 일단 홍수가 나고 한 지역이 물에 잠기면 그 사람들이 당장 집이 사라지고 경제 능력을 상실하는데 경제활동을 할 수 있을까. 그곳에 부모님 혹은 가족이 거주한다면, 도와드리기 위해 다른 지역에 사는 사람도 경제활동을 멈출 것이다. 3년 전부터 매년 여름마다 강력한 폭우가(매년 기록 갱신) 한 지역을 물에 잠기게 했다. 그 잘산다는 강남 지역마저 물바다가 됐었고, 충청도 지역은 3년째 비 피해를 심하게 입고 있다. 우리나라뿐 아니라, 그 날씨 좋다는 로스엔젤레스도, 텍사스도(여기 있는 회사 주식을 샀다가, 겨울에 회사가 이상기후로 얼어 버려 상폐되었다) 예상치 못한, 어마어마한 액수의 경제 피해를 받고 있다. 중국, 대만, 유럽, 기사가 줄줄이다. 수출 수입, 모두가 영향을 받는다.

멀쩡히 경제활동을 하던 대학생들, 혼자 사는 사람들, 간신히 돈 모아 전셋집을 마련한 사람들이 전세 사기를 줄줄이 맞고 있는데 그 규모가 너무 크고, 지역별로 기간별로 줄줄이 이어지고 있다. 일일이 다 적기도 힘들다. 유명인 사칭 코인 주식 사기 등, 줄줄이 열거하기가 힘들다.

특히 가장 최근 발발하고 너무 많은 피해를 입힌 위메프 티몬 본사 큐텐까지 정산 사기(사기라고 하자)가 이어지고 있다. 오늘도 뉴스에 피해를 입은 판매자들이 본사 앞에서 시위를 했다. 연쇄 도산이 실제로 일어나고 있다.

경제가 안 좋은 시국에 하나씩 해결해도 부족할 판에, 눈뜨면 말도 안 되는 기사가 새롭게 머리를 괴롭힌다. 정말 이 어려운 난국이 해결될까, 아무것도 모르고 뛰어놀던 어린 시절이 그립기는 참으로 오랜만이다.

지금의 경기는 잠시 버틴다고 해결될 일이 아님을 명시하자. 현재 상황을 잘 직시하고, 새로운 아이디어와, 돈을 쓰는 나이 층을 잘 겨냥해야 하고, 위험한 사업은 지금은 아니라고 생각한다. 얼마 전 닭발을 파는 지인이 돈을 잘 쓰는 회사 앞에서 법인카드를 쓰는 사람들을 대상으로 장사를 하고 싶어서 2호점을 열 장소를 물색한다고 한다. 회사 앞에서 장사가 잘되는 곳, 법인카드가 잘 쓰이는 곳은 소고기집이나 평소에는 잘 안 가는, 값이 나가는 맛집이다. 내가 회사 다닐 때 직원들을 위해 법인카드 쓸 때 이놈들은 매번 소고기요 노래를 불렀다. 그땐 그런 생각도 했다. 아, 좀 다양한 것 좀 먹자, 너희는 소고기밖에 모르냐? 집에서는 안 먹냐? 생각했는데, 퇴사한 지금 누가 사준다면 소고기요 하고 싶다. 월급이 적던 시절, 아는 언니들이 "야, 빨리와. 소고기 굽고 있어" 그러면 눈썹이 휘날리도록 뛰어갔다. 헉헉대며 몇 점 안 되는 소고기를 입에 넣으면 꿀처럼 달고 고소했다. 그래, 그랬었지. 부모님한테 용돈을 받아 쓰거나, 갓 회사에 입사한 젊은이들이 스트레스를 풀기 위해 먹는 닭발은 젊은이들이 많은 힙한 곳에 차려야 한다. 1차든 2차든 가게 되는 곳이다.

물론 아예 경우의 수가 없는 것은 아니지만, 조금 더 안전한 사업 계획을 짠다면 말이다. 퇴사 전 가장 관심 있었던 사업은 실버 사업이었다. 사장님과 여러 아이템으로 아이디어 회의도 했었다. 몇 가지 아이템도 정해 시장성도 점쳐보고, 사장님은 실버 사업이 전 세계에서 가장 성장한 일본 시장도 보고 오셨다. 생각보다 쉽지 않고, 의료기기와 겹치는 카테고리가 많아 상품 선정이 어려웠다. 수명이 길어지고, 본인을 위해서 돈을 쓰고 싶은 부유한 실버 층이 점점 많아질 것에 대한 예측은 일본 사례나 선진국(요즘은 선진국이란 말이 참 그럴 정도로 홍보다는 망의 길을 걷고 있지만) 사례를 보면 알 수 있다. 집에 혼자 있는 시간이 많아지는 지금 콘텐츠 사업은 계속 발전할 거라고 모두가 예상하고 있다. 뭐 꼭 그래서 내가 유튜브를 하는 건 아니다. 나는 크리에이티브한 작업이 너무 나에게 잘 맞고, 작업물을 올릴 때마다 쾌감을 느낀다.

애견, 애묘 사업은 이미 포화 상태지만 더 늘어날 것이다. 하지만 나는 이 사업도, 어느 순간 주춤할 거라 예상한다. 오래전부터 강아지나 고양이를 키워왔던 사람들 외에 SNS를 보고 너무 귀여워 같이 살게 되면서 만만치 않은 어려움과 생각보다 많이 드는 비용에 그리고 헤어질 때의 슬픔을 겪어본 사람들은 포기하게 되지 않을까 싶다. 실제로 내 경우에도, 늘 강아지를 키우며 살았던 우리 집이고 워낙 강아지나 고양이가 좋아서 SNS를 찾아서 보지만, 실제로 키우는 데는 제약 조건이 많고(멀리 여행을 가거나, 집을 비우거나 할 때 그 아이를 두고 갈 용기가 없다) 그리고 몇 년 전 너무 사랑했던 강아지가 떠난 슬픔에서 아직도, 아니 영원히 못 벗어날 것 같은 상태이기 때문에 키울 자신이 없다.

어려운 때일수록 신중히 사업을 결정해야 할 것이다. 아니, 어렵지 않더라도 많은 자문과 공부를 하고 사업을 시작해야 할 것이다. 어느 때 어떤 위기가 찾아올지 과거의 경험을 통해 인지하고 대비할 수 있는 사업을 찾아야 할 것이다.

그래서 우리는 지금의 사태를 좀 더 심각히 받아들여야 한다고 생각한다. 그렇다고 너무 우울해하지는 말자. 직시하고 용기를 내자.

13. 또 다른 의미의 성공

누군가 나에게 경제적인 것 외에 또 다른 성공은 어떤 것이냐고 묻는다면, 멋있게 늙는 것이라고 말할 것이다. 사실 돈을 많이 버는 것보다, 멋있게 나이를 먹고 존경받는 사람이 되는 것이 100배는 더 어려울 것 같다.

처음 마케팅을 공부하려고 유튜브를 보기 시작했을 때 가장 눈이 갔던 것이, 나이가 지긋하게 드신 멋쟁이 할머니 이야기를 듣는 방송이었다.

돈을 벌어 성공한 이야기, 어떻게 하면 돈을 벌 수 있는지에 대한 이야기, 1억 모으기, 30억 벌기, 돈, 돈, 돈에 대한 이야기는 정말 너무도 많아서 이제는 피해 다닐 정도이다. 하지만 어떻게 살아가야 하는가, 어떻게 하면 40대와 50대를 잘 살 수 있는가, 크게 벌지 않아도 행복하게 살아가는 사람들, 젊었을 때는 화려했지만 검소하게 살아가는 일상들, 아이를 셋이나 낳고 길렀는데 너무 멋진 커리어를 이어가며 건강한 몸매를 유지하며 행복한 가정을 꾸리는 디자이너, 아마 이효리가 사람들의 워너비가 된 것도, 10대 20대에 화려한 성공을 했을 때보다 사랑하는 짝과 사랑하는 동물들과 자기가 가치 있다고 생각하는 삶을 살아가는 모습이 멋있어 보이는 지금이 아닐까. 그렇게 성공은 다양하게 우리의 마음에 갈증을 만든다.

나는 한때, 그러니까 거의 30년 동안 정말 열심히 일했다. 그저 평범한 유통 회사 영업관리직에서, 유아 업계 1위였던 브랜드에서 이사까지 역임하며 승승장구했었다. 그리고 억대 연봉을 받으며 최저 시간으로 일을 했었다. 출퇴근 시간의 자유로움, 그렇게 허락해주신 데는 '저 아이는 어디서든 일할 아이야'라는 믿음이 있었기 때문임은 안다. 그렇게 시간을 자유자재로 일할 수 있을 때까지 병이 걸린 줄도 모르고 자는 시간도 꿈에서 일을 하며 보냈다.

회사라는 곳에서의 내 성공의 끝은 연봉과 워라밸이었다. 이제 나의 성공은 다른 곳을 향해 있다.

우연히 들어간 유통 카테고리에서 벗어나, 크리에이티브하며 유튜브든 방송이든 어디서든지 유명한 사람이 되는 것. 나 스스로가 멋지다고 생각하는 삶을 사는 것. 그렇게 할 수 있게 경제력도 지속적으로 갖추며 살아가는 방법을 아는 사람이 되는 것. 아주 어릴 때의 꿈이 돌아 돌아 50이 다 되어서 나에게 왔다.

그간 내 꿈인지 아닌지, 그래도 적성에 맞았던 영업마케팅 일을 30년간 열심히 한 노력의 보상으로라도 꼭 이루고 싶다. 진짜 좋아했던 일을. 그리고 더 어려운 꿈이지만 나의 후배들에게 존경받는 사람이 되고 싶다. 아니, 존경은 과하다. 그저 멋지게 살고 있는 사람으로 인정받고 싶다.

이 책을 언제 마무리할지 모르겠지만, 나는 이제 시작에서 조금 지나왔다. 얼마 전에는 15년 만에 이력서와 자기소개서를 썼다. 세상에, 다시 쓸 줄은 몰랐다. 사람인, 인크루트, 잡코리아 같은 곳에 다시 로그인할 줄이야. 다른 것은 모두 자신 있었다. 그런데 나이가 나의 발목을 잡았다. 누가 뭐라 하지 않는데 미리부터 겁이 덜컥 난다. 아니, 누가 뭐라 할 것이다. 왜 이렇게 나이 많은 사람이 우리 회사에 지원을 한 것일까. 갑자기, 우리 회사에 지원했던 나이 많은 지원자들이 스쳐 지나간다. 더 깊게 내용을 봐줄걸. 나이만 보고 넘긴 사람이 몇이었더라. 아 물론, 직원들의 요청이 있었다. 경력 3년 차, 혹은 신입으로 뽑아달라는. 하지만 광고를 할 때는 나이 제한을 두지 않는다. 혹시 모를 인재 발굴을 위해 제한 없이 모든 것을 오픈해두는 것인데, 어차피 내 머릿속에는 나이가 먼저고 경력 내용이 먼저다. 내 이력서도 그렇게 문서파쇄기에 갈릴 것이다.

앗, 멋진 인생의 두 번째 성공을 쓰다가 갑자기 너무 우울하고 비관적 내용으로 빠져버렸다. 다시 건져내자면, 그럼에도 불구하고 나는 지금 설렌다는 것이다. 물론 두려움과 걱정이 아예 없다면 거짓말이고, 또 부딪혀서 답을 알고 싶다. 어디가 한계인지, 100살, 120살 수명의 시대에 50살이 될 나는 무엇을 어떻게 잘 시작해서 새로운 삶을 시작할 것인지, 그리고 다시 이렇게 제2의 인생 목표를 성공으로 만든 이야기를 언젠가 다시 적을 수 있을 것인지, 두려움보다는 설렘이 먼저다.

경제적 성공을 제외한 당신의 인생 목표는 무엇인가? 자식들의 성공? 안정된 노후? 나처럼 어릴 때의 꿈을 조금씩 꺼내보는 삶? 나도 독자들의 삶과 생각이 궁금해진다.

14. 무엇을 할 수 있는 용기?

그 용기는 도대체 언제 생기는 것일까. 또 그 용기를 안 내면 좀 어떤가. 내 안의 자아가 싸우는 중이다.

나는 이 책을 통해 좀 더 힘을 내어보라고 한다. 시작은 어렵더라도, 앞을 모르겠더라도 한 발 내디뎌보라고 한다. 원래 이 책의 취지가 이 전쟁 같은 경쟁 사회에서 어떻게 살아남느냐, 아니 살아남는 정도가 아니라 내 나름의 원하는 성공치에 다다르기 위해 어떻게 회사 생활을 해야 하는가에 대한 노하우를 알려주는 책이기에 너무 계속 채찍질만 했더니, 그러는 나조차도 이렇게 힘드니 이 책을 읽는 누군가의 마음도 지칠 것 같다는 생각이 문득 들었다.

한 번쯤은 달려도 보고, 자기가 갖지 못하고 있다고 생각했던 큰 용기를 내어 결단도 해보고, 인생에서 그런 거 한 번쯤은 긴장 없는 나의 일상과 내 삶이 계속 목마르다면 쓴 약이 몸에도 좋으니 그 쓴 약 용기 내서 마셔보라고 권하고 싶다.

자, 이제 좀 쉬어 가자. 나는 10개의 회사를 다니며 그 사이사이 참 푹 쉬었다. 보통 주변 친구들은 회사를 그만두고서는 다음 회사에 취업하기 위해 너무 분주하고, 쉬면서도 불편한 마음에 다시 오기 힘든 그 자유 시간을 제대로 못 누리는 모습들을 많이 보았다. 그에 비해 나는 쉴 때는 확실히 아무 생각도 없이 쉬었다. 그 쉬는 시간이 매우 길지는 않았지만, 그 시간이 한 달이든 두 달이든 다시는 못 가질 것 같은, 돈보다 더 값져 보이는 보물 같았다. 나는 타의에 의해서건 자의에 의해서건 백수의 몸이 되면 여행 계획을 세웠다. 중소기업의 실태와 직장 상사의 눈치로, 회사를 다니며 긴 여행을 간다는 건 꿈도 꿀 수 없었던 때였다. 이전 회사에서 대표님을 정말 인정했던 그때는 스스로 노무사를 찾아가서서 회사 직원들에게 해줄 수 있는 당연한 권리들을 알아 오셔서 지켜주셨던 그날이다. 그때 우리 직원들의 표정을 잊을 수 없다. 연 5일밖에 없었던 휴가가 회사를 다닌 연수만큼 두 배에서 세 배로 늘어났다. 어떤 보너스를 받았던 때보다 기뻐 보이는, 회사가 정말 좋아요 하는 눈빛과 입이 다물어지지 않는 표정이었다. 슬프게도 직원들의 그 기뻐하는 마음은 오래가지 않았다. 우리 옛적 주 6일에서 주 5일로 바뀔 때의 기쁨이 그리 오래가지 않고 이제 주 4일을 바라는 그런 마음처럼. 사람 마음은 그렇다.

아, 잠시 또 이야기가 옆으로 새고 말았다. 다시 이어가면, 나는 잘 쉬는 것도 일을 잘하는 거라고 생각한다. 내가 쉴 때는 나에 대한 믿음이 있었다. 그리고 내가 지금 마음이 조급하다고 취직이 잘되고 못되는 것이 아니라고 확고하게 나에게, 스스로에게 되새겼고 지금 이 시간은 나에게 좋은 에너지를 줄 거야, 시간은 돈으로도 못 산다, 즐기자, 즐기자, 즐기자. 즐기는 것에 진심이었다.

쉰다는 것은, 논다는 것은 실제로 많은 에너지를 다시 충전할 수 있는 시간이라고 생각한다. 혹시 지금 마구 달리다가 힘들지만 쉬면 안 된다고 생각하는 독자가 있다면, 정말로 진심으로 잠시 쉬어도 괜찮고, 잠시 모든 요청을 뿌리치고 밖에 나가서 하늘을 보라고 하고 싶다. 나는 진짜 회사를 다닐 때, 지친 직원이 보이거나 정신과 약을 복용 중인 직원들에게 눈치 보지 말고 점심시간과 퇴근 시간 사이에 밖에 잠시 나가 공원에서 나무도 보고 하늘도 보는 시간을 가지라고 했었다. 그런 시간이 회사에 안 좋은 영향을 미친다고, 월급이 아깝다고 생각하지 않았다. 오래 회사에서 열심히 일해준 직원이었고, 많이 지쳐 보였고, 쉬어 가는 게 회사에서 좋은 인재와 오래 함께할 수 있는 일이라 생각했다. 문제는 그렇게 말을 해줘도, 소심한 친구들은 잘 쉬지 못했다.

나에게 아이디어를 주는 시간은 일을 하는 중간보다는 출퇴근 운전하는 시간, 지하철을 타는 시간, 걸어 다닐 때가 더 많았다. 업무를 하는 시간에는 눈앞에 보이는 일에 몰두하느라 전체를 보지 못하고 상상력을 발휘할 수 없는 시간이다. 본인들의 업무가 창의력이 필요한 일이라면, 더 많이 걷고 새로운 장소를 다녀보는 것을 권장한다.

아, 또 뭔가를 권하는 글이 되어버렸다. 꼭 그런 것이 아니라 하더라도, 쉼이 필요하다는 생각이 든다면 쉬자. 이 책을 읽는 당신이라면, 매우 열심이다. 쉬자. 아무것도 안 해도 된다. 그래도 된다.

쓰다 보니 자꾸 나에게 하는 말인 것 같아 멋쩍다. 퇴사를 하며 다음 삶을 준비하는, 조급했던 나에게 그러지 좀 말라고, 지금 시간이 앞으로 너에게 엄청 그리울 거라고 말하는 것 같다.

인생 1막은 대학교 졸업이었다. 인생 2막은 15년간 다녔던 회사에서 이사직을 마치고 한 퇴사이다. 인생 3막이 첫 번째 인생, 두 번째 인생보다 덜 치열할 것 같다는 생각은 들지 않는다. 그러니 지금 열심히 쉬어보자. 인생 3막에 필요한 내공을 키우면서 지난 인생을 돌아보기도 하면서 잘 쉬어보려 한다.

15. 문을 닫으며 -
모두가 YES 할 때 NO 해야 하는 이유

오래전 텔레비전에서 모두가 '네'라고 할 때 '아니오'라고 대답하는 소신 있는 사람을 보여주는 광고가 있었다. 증권사 광고였던 걸로 기억한다. 사실 그때는 강렬한 이미지만 남았을 뿐, 그게 무슨 뜻인지 정확히 몰랐다.

이 책을 마무리하며 어떤 사람이 되어야 할까, 어디서부터 시작해야지 생존하고 성공할 수 있을까를 생각했다.

내가 맨 처음 용기를 내어 모두가 정한 회사 제품에 '아니오'라고 말하고 그 일에 대해 책임져야 했던 그때가 떠올랐다. 책 서두의 아이팜 이야기에 있는 내용이다.

모두가 정해놓은 신상품을 보며, 도저히 이걸로는 승부가 안 난다고 생각을 하고, 고민하고 고민하고, 아닌데 어떻게 말하지? 지금 이 시점에서, 만약 '아니오'라고 말한 후에는 또 어떻게 책임질 것인가 고민스러웠지만 난 '아니오'라고 말하고 아닌 이유를 말씀드렸고 사장님은 동의하셨다. 그게 내 성공의 작은 시작이었다.

매번 신상품 개발 때마다, 매번 새로운 사업을 시작할 때마다 회의가 시작되고 상부의 지시나 의견이 나오고, 모두가 그 의견에 동의하는 것은 아니었다. 하지만 모두 사장님 앞에서는 '네'라는 대답만 했다. '아니오'라는 대답을 한 후에는 다른 대안을 제시해야 하고, 꼭 그렇지 않다 하더라도 참 회사에서 귀찮은 일이 아닐 수 없기 때문이다. 그냥 '네'라고 하면 그 일이 잘되든 안되든 월급을 받고, 그 일의 결과는 마지막 컨펌한 상부에서 책임지기 마련이니 참 편한 일이다.

앞에서 언급했지만, 난 대한민국의 어려운 경제 위기를 두 번 겪으면서 도산하는 회사를 많이 겪었고, 회사가 잘되면 나도 잘된다고 생각했고, 아닌 게 눈에 안 보이거나, 아니라고 생각이 안 들었으면 모를까 분명 아닌 게 보이는데 그냥 넘어가는 성격이 아니기도 했다.

이런 경우는 매우 자주 있다. 나는 그렇게 '아니오'라고 말하고 해결책을 마련해가며, 그리고 그 사업에서 성공적인 결과를 만들며 성장했다.

회의를 마치고 나와, 모두 고개를 갸웃거리며 이상한데, 아닌데 말하는 직원들도 많았다. 그래서 내가 왜 그때는 아니라고 말하지 않았냐고 물어보면, 어차피 제 의견이 먹히지 않을 거고 상부에서 하고 싶은 대로 진행될 텐데 뭐 하러 말하냐는 대답이 많았다. 다시 모두가 입을 모아 아니라고 같이 말하자고 해도 동의해주지 않는 직원이 대부분이었다.

신제품이 나온 후 출시를 앞두고 문제가 생겼을 때, 그 일을 맡았던 부서에서 원인 분석 회의를 하다가 나온 대답에서 이미 이렇게 될 줄 알고 있었다는 황당한 대답도 자주 듣는다. 왜 말하지 않았냐고 말하면, 그냥 지시한 대로 했다든가, 한 번 말씀드렸는데 그냥 지시한 대로 하라고 했을 뿐이라고 한다.

사람은 모두 실수할 수 있고, 회사의 전반적인 일에 컨펌을 해야 하는 사장님도 놓칠 수 있는 일이 많다. 그걸 제대로 협업해서 잘 만들어야 하는 것이 책임 부서에서 하는 일이다. 힘이 조금 들더라도 그 일을 제대로 수정했다면 회사에 큰 손실을 줄여줄 수 있지만, 회사에서 '아니오'는 정말 힘든 말인가 보다. 그래서 나는 '아니오'라고 말하는 사람은 성공할 거라 믿는다. 물론 무조건 자기 의견이 맞다고 우기라는 건 아니다. 자주 그런 경험을 하다 보면 의견을 좁혀나갈 수도 있고, 본인이 잘못 생각했음을 깨닫기도 한다. 그 또한 성장의 과정이다. 자신의 말에 책임을 질 수 있는 사람이 되고, 그 과정에서 많은 고민을 하며 성장한다.

이 책을 여기까지 읽은 독자 여러분은 이제 자기가 속한 회사에서 정말 아니라고 생각하는 기획에 대해서는 용기 있게 말해보자. 아니라고. 거기서부터 시작일 것이다.

당신의 판단에 책임감을 실어주며 성과에 재미를 느끼고, 거기서 생기는 목표와, 그 목표에서 생기는 동기부여가 열정을 부를 것이다.

굿 럭 투 유어 라이프.

— Survival tips for
ordinary people —